追放令嬢は辺境で
家族と自由な新生活を楽しむことにします！

もり

目次

プロローグ……6
第一章　婚約破棄からの追放……9
第二章　優しい村での新しい生活……34
第三章　もふもふと聖獣伝説……65
第四章　新しい食料の普及と試作……100
第五章　近衛騎士からの依頼……120
第六章　神子と聖域魔法……159
第七章　魔獣襲来と治癒魔法……198

第八章　故国王家の愚行……245
第九章　聖獣の顕現……279
第十章　愛する家族と帰る場所……317
エピローグ……339
あとがき……348

メイデン家
✿ ジョージ&アリー ✿
セシルの両親。
領民と共に農作業を行うなど
分け隔てない領主として
愛されていた。
穏やかで前向き、
子供たちには親バカ。
✿ エル ✿
セシルの弟。
真面目で家族想いな
十一歳。
✿ セシル ✿
兼業農家の娘だった
前世の記憶があり、農業知識が豊富。
防御魔法で魔獣を寄せ付けない、
実り豊かな領地をつくる。
✿ アル ✿
セシルの弟。
甘えん坊な四歳児。
Characters
キャラクター紹介

✿ロア✿

怪我を負っているところを
セシルに助けられ一緒に暮らすことに。
おとぎ話に登場する聖獣・ガロアと
同じ瞳の色を持っていることから
名づけられる。

リーステッド王国

✿アッシュ✿

近衛騎士を名乗るが、
ただ者ではない威厳を放つ。
セシルの噂を聞きつけて
メイデン一家の元に
やってくる。

✿ラーズ✿

近衛騎士。
真面目で無口。

✿ガイ✿

近衛騎士。
天真爛漫なムードメーカー。

スレイリー王国

✿アリーネ✿

王家とつながりが強い
ウェリンゼ公爵家の娘。
マクシムと恋仲。

✿マクシム✿

スレイリー王国王太子。
メイデン領を取り上げた後、
用済みとなったセシルに
婚約破棄を告げる。

プロローグ

「メイデン伯ジョージ・メイデン！　貴様を国家反逆罪で爵位諸々の身分をはく奪、領地財産は没収！　そなたを国外追放と処す！」

国王からの宣告に、当のメイデン伯爵は目を見開いた。

傍にいる伯爵夫人も倒れそうなほど顔から血の気が引いている。

ふたりともこの茶番はある程度予想していたようだが、その罪状にかなり驚いているのだ。

それは娘のセシルも同様だった。

（はあ？　何を馬鹿げたことを……。待って、ということは……）

セシルが壇上の玉座に座る国王の隣に立つマクシム王太子殿下にちらりと視線を向けると、運が悪いことに目が合ってしまった。

殿下がにやりと底意地の悪い笑みを浮かべたのと同時に、国王がセシルに向けて宣告する。

「ジョージ・メイデンが娘、セシル・メイデン！　そなたの悪行も届いておるぞ！　父親の悪事に加担し、己が聖獣の加護を得た〝神子《みこ》〟だと騙《かた》り、苦しむ民衆を掌握しようとしておるとな！　さらには我が息子である王太子マクシムの婚約者であることをいいことに、王城の内でも外でも傲慢奔放に振る舞い、それを窘《たしな》めたウェリンゼ公爵令嬢アリーネに危害を加えたというではないか！　よって、そなたとマクシムの婚約は破棄、父親同様に国外追放と処す！」

婚約破棄は予想通りの処分なので、セシルがショックを受けることはなかった。

しかしまさか、メイデン伯爵領で領民たちがセシルを〝神子様〟と称えてくれることを利用されるとは予想していなかったのだ。


この世界に伝わる古い物語に登場する〝聖獣様〟と〝神子様〟は幼い子どもでもよく知っている。

――神がこの世界を創られた時、多忙な神に代わってこの世界が平和であるよう〝魔〟を払い〝恵み〟を与えてくれる白き獣を遣わしてくれた。人々はその獣を崇敬の念を持って〝聖獣様〟と呼んだ。また、聖獣の力及ばぬ時には、さらなる遣いを神は人間の中から選び、救いを与えてくれる。そんな尊き神の使徒を人々は〝神子様〟と呼んだ。

――とあるのだが、この国ではただのおとぎ話としか考えられていない。

セシルも同感であったため、領民たちから〝神子様〟と呼ばれて困惑しつつも、愛称のようなものだと流していたのだ。

（その考えが甘かったのは認めるけど、そもそも『聖獣の加護を得た神子』って設定が間違ってない？）

ツッコミどころ多数の国王の宣告に呆《あき》れつつも、セシルは両親を心配してふたりの様子を窺《うかが》った。

するとショックはすでに過ぎ去ったようで、これからどうするか——国外追放後のことを考えているのか、ふたりは前向きに考えているようだった。

それでこそお父様とお母様だと、セシルは誇らしい気分でまだ続く断罪の場に立っていた。

第一章　婚約破棄からの追放

1

半年ほど前、セシルは突然やってきた国王の使者に告げられた王太子との婚約話にかなり驚いたものだった。

それは伯爵夫妻も同様で、何かの間違いではないかと使者に何度も問いただしたくらいである。

しかし、残念ながら使者の間違いではなく、王命のためにセシルは断ることもできずに受けるしかなかった。

そして仕方なく王城に上がったセシルは、婚約者であるマクシム王太子からあからさまな侮蔑を向けられたのだ。

『私がお前のような土臭い田舎娘と婚約してやることに感謝するんだな。私に少しでも関心を向けてほしければ、せめてその野暮ったい身なりをどうにかしろ』

そう言われた時、セシルは傷つくこともなく、関心も何もいらないので伯爵領に帰してほしい、との言葉をどうにかのみ込んだ。

命令なのだから従うしかない。

そのため、王太子の希望通りにセシルは妃教育を頑張って受けた。

しかし、王太子も王城の皆も、そんなセシルを笑いものにするだけ。

特に酷《ひど》かったのは、アリーネ・ウェリンゼ公爵令嬢とその取り巻きだった。

国王と親しいウェリンゼ公爵の娘であるアリーネこそ、その身分をいいことに傲慢で放埓《ほうらつ》に振る舞い、セシルをよく虐《いじ》めていた。

『ねえ、まさか殿下のお言葉を本気にしたの？　どんなに着飾っても泥臭さは消えないわよ？　そうね、いいことを思いついたわ！』

そう喜々として言い、持っていたカップをひっくり返してセシルの着ていたドレスをお茶で汚したこともあった。

『これで少しは泥臭さも消えるんじゃなくて？』

くすくす笑う公爵令嬢と取り巻きたちのあの嫌味な顔は今でもはっきり思い出せる。

それをマクシム王太子も知っていながら特に注意することもなく、時にはアリーネに同調までしていたのだ。

最初はなぜ自分がマクシム王太子の婚約者に選ばれたのかわからなかったセシルだったが、両親から離れて王城で過ごすうちにその理由も理解していった。

王家は——国王は実り豊かなメイデン伯爵領を手に入れたいのだ、と。

世界は今、危機に瀕している。

三年ほど前から急にこのスレイリー王国の作物の実りが悪くなり、害獣がはびこり最近では魔獣までもが頻出するようになっていた。

王都近くにある〝聖なる森〟は特に酷いと聞く。森の中心部から瘴気《しょうき》が発せられるようになり、木々は枯れていき、動物たちは魔に侵されて息絶えているらしい。

王家直属の魔術師たちが必死に瘴気の流出を食い止めているらしいが、近年の不作はそれが原因ではないかと巷《ちまた》では囁《ささや》かれている。

だが、最近ではこのスレイリー王国だけでなく、近隣諸国でも不作が続き、さらには害獣が作物を荒らし、魔獣が人々の生活を脅かすようになっていた。

そんな中であっても、メイデン伯爵領内には魔獣が出没することもなく豊作が続き、セシルの父である伯爵は収穫した作物を惜しみなく他領へと支援していた。

その善行が王家にも認められ、娘であるセシルを王太子の妃にと望まれた——と世間には思わせていたようだ。

未だに続く断罪の場にあって、この半年ほどのことを思い出していたセシルはため息をのみ込んだ。

（殿下との婚約が罠《わな》だって気づいていたのに……。でもまさかこんな手に出るなんて）

セシルは壇上下に立つウェリンゼ公爵の不快げを装う顔から、広間の脇へと視線を移した。

そこには口を両手で押さえて立つアリーネがいる。

まるで国王の宣告にショックを受けているように見えるが、実際は抑えきれない笑いを隠すためだろう。

半年前の急な王命によるセシルと王太子の婚約は、メイデン伯爵を断罪するための布石だったのだ。

セシルの両親はその身分にもかかわらず野心もなく、慎ましく生きることを好み、領民とともに汗を流して働くことをよしとしていた。

そのため、社交は最低限で王城へ足を運ぶこともめったにない。

領地を没収するための罪を捏造《ねつぞう》するにも、少しの要素さえなかった。

そこで娘を王太子の婚約者とする――好待遇で迎えて王城に留めおき、家族を愛する伯爵が頻繁に王城へ出向くように仕向けたのだ。

城へ顔を出せば、何も知らない貴族たちが将来の王太子妃の父親と懇意になろうと近づき、また伯爵に罪を着せようとする仕掛け人も近づける。

先ほど国王がつらつらと述べていたメイデン伯爵の罪はすべて捏造されたものだが、反証の余地も与えてもらえないだろう。

国家反逆罪などといった大罪に、処刑ではなく国外追放を下したのは、国王のせめてもの良心かもしれない。

伯爵は妻と娘であるセシルにちらりと視線を向け、申し訳なさそうに顔を歪《ゆが》めた。

セシルは母の手を励ますように握り、父に大丈夫だと頷《うなず》いてみせた。

2

長々と続いた断罪がようやく終わると、それからはあっという間に王城を追い出されてしまった。

しかも、即日国外へ退去せよとの命令に従って、急ぎ王都の屋敷で待機していた幼い弟ふたりを連れ出し、わずかばかりの身の回り品を護送用の馬車に詰め込んだ。

国外追放といってもどこへ追いやられるのかわからないまま、セシルたち家族は涙を流して悔しがる使用人たちに別れを告げて旅立った。

「すまないな、お前たち。これから苦労させる」

「私はかまいません。あなたとなら、どこででも頑張れますから。命があっただけで十分です。でも、セシルにはつらい思いをさせてしまったわね……」

父と母の言葉に、セシルは疲れて眠る下の弟のアルを抱いたまま首を横に振った。

十八歳のセシルにとって、まだ四歳の弟のアルは目の中に入れても痛くないくらいに可愛い。もちろん上の弟であるエルのことも可愛くて仕方ないが、最近は急に大人びてきて、なかなか甘えてくれないのだ。

とはいえ、まだ十一歳のエルもさすがに疲れたようで、母に寄りかかってうとうとしている。

「私こそ、マクシム殿下の近くにいて怪しいと思っていたのに、この企みに気づくのが遅れて何もできませんでした。ごめんなさい」

「謝る必要などない。私がもっと早く何か手を打てばよかったんだ。セシルが殿下との婚約で苦労していることもわかっていたのに」

「それは仕方ないです、お父様。陛下のご命令に逆らえるはずがありませんから。それよりも、これからどうなるか、ですよね。伯爵領は大丈夫でしょうか……」

セシルの謝罪を、父親はつらそうに顔をしかめて拒んだ。

この半年のセシルの苦労を知っているからだ。

だからこそ心配で、大切な領地を離れて王城へ何度も様子を見に来てくれていた。

もっと上手くやれれば父に心配をかけることもなかったのにとセシルは後悔しつつ、これからのことを口にした。

ずっと両親とともに愛して大切にしてきた領民と土地が、あの王家の手に渡ったことが不安でならない。

　それは両親も同様で、セシルの言葉に顔を曇らせる。

「あの土地はセシルの力があってこそ、豊かさを保てていたのだ。それなのにセシルを手放されるなど、陛下も殿下も何もわかっていらっしゃらない」

「お父様、それは買い被りすぎです」

「何を言うの、セシル。買い被りでも何でもない事実よ。あなたがあの土地に防御魔法を施してくれたから、害獣どころか害虫さえも寄り付けずに作物に被害がなかったんだもの」

「その通りだ。セシルの防御魔法は特殊だからな。誰も真似できないのに、陛下も魔術師たちも、その価値に気づかないなど……」

　愚かだ、との言葉を父親はのみ込んだ。

　いくら国家反逆罪の冤罪《えんざい》を着せられても、まだ不敬だとの気持ちが残っているからだろう。

　そんな父親を見て、セシルは苦笑した。

「特殊というより、単に虫が大嫌いすぎて、どうにか虫を防げないかと奮闘した結果、極めてしまったみたいです」

「『好きこそものの上手なれ』とはよく言うが、『大嫌い』でも極められるものなんだな」

　父親が冗談めかして言うと、母親も楽しそうに笑う。

「そのおかげで、この乗り心地が悪いはずの馬車も、快適にしてくれているんだもの。セシルの虫嫌いには感謝しかないわ」

セシルが車内に防御魔法を応用したものを施しているおかげで、護送用の馬車内は快適なものになっているのだ。

「笑い事じゃないですよ。本当に虫は大嫌いなんですから。視界にさえ入れたくもないです」

唇を尖《とが》らせて言うセシルが可愛くて、両親はさらに笑った。

なぜかセシルは首がすわる前から、視界に虫が入ると大泣きしていたのだ。

そのことに気づいた父親が魔法で一時的に虫を追い払うと、セシルは驚いたように目を丸くしていた。

まるで魔法の存在に驚いたかのように。


それからのセシルは、魔法を見ては目を輝かせ、歩き始めるよりも早く魔法を扱えるようになって両親を驚かせた。

セシルはかなり魔法の才能がある。

そう考えた両親だったがその性格から娘の天才ぶりを喧伝《けんでん》することなく、ただただ魔法の実力を磨けるようにと後押ししただけだった。

（おかげで私は今まで好きなことだけしていられたのに……）

セシルは子どもの頃のことを思い出して、小さくため息を吐《つ》いた。

自分がなぜ大の虫嫌いなのか、早くから魔法を扱えるようになったのかの理由を、セシルはよく知っている。

答えは簡単。

セシルには前世の記憶があるからだ。

日本《にほん》という国で、実家が兼業農家だった前世のセシルは、畑仕事を手伝うたびに虫に悩まされた。

農作物に害をなす虫に、作業時にまとわりつく蚊や蜂。

もちろんモグラやネズミ、タヌキやイノシシなど害獣も挙げればきりがない。

丹精込めた作物を荒らす害虫害獣は絶対許すまじ。でも、できれば殺したくはない。

（それがまさか、自分が死ぬことになるなんてねえ……）

前世でのセシルの死因は蜂に二度刺されたことによるアナフィラキシーショックだった。

あの時のことはぼんやりとしか覚えていないが、まさか自分にアレルギーがあるとは思ってもおらず、蜂を甘く見ており対応が遅れたのだ。

（家族もびっくりしたよね……。ほんと、ごめんだよ）

自分が死んでしまった後のことはわからないが、仲のいい家族だったので、その悲しみは想像できた。

（だから今こうして前世の記憶を持って生まれたのも、大嫌いな虫を除去できる力があるのも、

きっと前世の未練とかそういうものをやり直せる機会を神様に与えてもらったんじゃないかな）

そう考えると、やはり嫌いというだけで無駄な殺生はしたくなかった。

（虫だって獣だって、生きるために必死なんだからね。それに人間都合で考えるなら、益虫だっているし）

作物を実らせるためには花粉を運んでもらう必要もあり、また害虫を駆除してくれるありがたい虫もいる。

それでもやはり虫は嫌いで、このジレンマを解決させるためにセシルは魔法研究と鍛錬に勤しんだ。

世間にはすでに害虫を駆除する魔法もあるのだが、セシルにとっては生活に影響ない場所では好きに生息すればいいと思っている。

そして完成させたのが、虫一匹通さない防御魔法と作物の受粉を人工的にさせる魔法。

前世でも人工受粉は行われていたが、かなり手のかかる作業だったのを魔法で簡単にできるようにした。

それがちょうど三年前。

この国の〝聖なる森〟で瘴気が生み出され始めた頃だった。

その頃から他領では害虫被害などで不作が続くようになったため、父親は他領主たちから豊作の秘訣《ひけつ》をよく訊《き》かれた。

父親も当初はセシルの防御魔法が特別なものだとは考えず、簡単に「防御魔法で畑を囲っているからですよ」と答えていたのだ。

防御魔法は効力の範囲や強度の差はあれど、そこまで珍しい魔法でもなかったからだ。

しかし、当然ながらそのような対策は他領地でもすでに行われていた。

防御魔法で害獣を防ぐことはできても、虫のような小さな生物までは防げない。

しかも最近の害虫は以前よりも魔法に対して抗体を持っているのかのように、駆除魔法でも退治することができなくなっていたらしい。

そのためか、メイデン伯爵は特別な魔法を秘匿している、との噂《うわさ》まで流れ始めた。

そこで王城の魔術師が派遣され、伯爵領の畑を調査されることになったのだが、特段変わった魔法は施されていないとの結果。

セシルは父がまた疑われないためにも自分が防御魔法を施しているのだと訴え、魔術師の前で魔法を展開してみせたが、ちょっとばかり防御魔法に優れているだけだと相手にされなかったのだった。

「――この前、防御魔法の綻びを直したついでに伯爵領全体にも魔法を施したばかりだから、メイデン領は後三年は保つはずだけど……」

セシルがぼそりと呟《つぶや》けば、父も母も沈痛な面持ちで頷いた。

だがすぐに、セシルを励ますように父親が明るく言う。

「いや、三年ある。それまでにこの不作の原因が解明されればいいんだ」

「そうね。きっと大丈夫よ。ほら、聖獣様がこのまま放置されるわけがないもの」

母親までおとぎ話の聖獣を持ち出して明るく言う。

セシルは落ち込んではいられないと、同じように明るく笑ってみせた。

スレイリー王国では——正確には王都のような街では、〝聖獣様〟も〝神子様〟も子ども騙《だま》しのおとぎ話として、本気で信じている者は少ない。

しかし、セシルの母はしっかり信じており、またメイデン伯爵領の者たちなど地方にいくほどに聖獣信仰は強く残っていた。

——太陽のような黄金色に輝く鋭い瞳は世界を見渡し、立派な白い鬣《たてがみ》の中に立つ耳は世界の異変を聞きつけ、太い四肢がひとたび空を蹴れば颯《はやて》の如《ごと》く世界を駆け抜ける。そして災厄を払い、恵みを与えてくれる。

——と聖獣については言い伝えられているが、セシルが初めて聞いた時には、『ホワイトライオンかな?』と思った程度だった。

前世でも〝白い生物〟というのは崇《あが》められる傾向にあり、この世界でも同じなのかもしれないと考えている。

現に、〝神の御使い〟として、白鹿も存在しているらしく、たびたび目撃情報はあった。

たいていが〝聖なる森〟での目撃情報ではあったが、他の森で目撃情報が上がると、そこは聖地として崇められるようになるのだ。

　そのため、各国に〝聖なる森〟はいくつか存在しているのだった。

3

　王都を出てから四日後。

　セシルたち家族は本当に国外へと追放された。

　隣国リーステッド王国との国境近くで護送されていた馬車から降ろされ、ここからは歩いて行けと命じられたのだ。

　さすがに護送車で隣国へ入るのは、リーステッドの民に見られてはまずいとの判断なのだろう。

　勝手に犯罪者を押し付けるなど、リーステッド側に知られれば国際問題に発展する。

　犯罪者が自ら逃げ込んだことにすれば言い逃れができるため、自分たちの足で国境を跨《また》げと言いたいのだ。

　馬車から降りたセシルたちは荷物を担ぎ、母親はまだ四歳のアルの手を引いて、一般人のふりをした兵たちに見張られながら隣国に繋《つな》がる街道を歩いた。

そしてしばらく進むと、兵たちは引き返していく。

残念ながらこのあたりに人里はなく、今日は野宿になりそうだった。

「……国家反逆罪なんていうたいそうな罪を押し付けられたわりに、国外追放はぬるいと思ったが、やはりかなり厳しいものだなあ」

「そうねえ。普通なら厳しいかもしれないわねえ」

「普通でなくても厳しいです。こんな一本道しかない山の中に放置だなんて。虫も獣もいっぱいに決まってますから」

呑気《のんき》な両親の言葉に、セシルはぷりぷり怒りながら答えた。

今まで使用人たちの世話になり、優雅な暮らしをしていた貴族たちなら、すぐにのたれ死んでもおかしくない。

宿に泊まる金銭さえ持たせてもらえなかったのだ。

冤罪を着せられたうえに、こんな扱いをされるなんて非道どころではない。

たとえそれが政治でも、許せないでいるセシルに父も母も申し訳なさそうな顔を向けた。

「すまないね、セシル。私が不甲斐《ふがい》ないばかりに、お前にばかり負担をかけてしまう」

「そうよね。ようやく見張り兵たちもいなくなって、浮かれてしまったわ。ごめんなさい、セシル」

「ち、違います！　私が怒っているのは、こんな酷いことを企てて実行した人たちにであって、お父様にもお母様にも怒ってなんていませんから！　むしろ、こんな状況でも楽しんでしまおうとするおふたりにも、頑張って歩いてくれるエルとアルにも感謝しかありません！」

愚痴を言ったせいで両親に謝罪させてしまったことに、セシルは慌てた。

すると、それまで黙って歩いていたエルが顔を上げてにっこり笑う。

「僕は姉さまが傍にいてくださるなら全然平気です。これからはまた一緒に暮らせるんですよね？」

「ぼくも～」

お姉さんっ子のエルは、この半年セシルが王城で暮らすようになったことで寂しかったようだ。

兄であるエルがこの四日間ずっとご機嫌だったために、アルもご機嫌だった。

「エル、ありがとう。これからはまた一緒に暮らそうね！　アルもね」

「はい！」

「うん！」

エルとアルを順番に抱きしめ、セシルは機嫌を直して立ち上がった。

そして両親へとにっこり笑う。

「それでは、野宿する場所を決めましょうか？」

「ああ、そうだな」

「やっぱり大きな樹の下がいいわよねえ」

伯爵というスレイリー王国の中でもかなり高貴な身分であったにもかかわらず、セシルの父は領民とともに農作業を行っていた。

伯爵夫人である母もお茶会や夜会などの催しは最低限に抑え、父と一緒に領民たちと作業を楽しんでいたのだ。

また、農作業の合間の休憩では、お茶を飲み糖分をとるために木陰に直接座ることも厭《いと》わなかった。

だからこそ、護送車を降ろされてからもひたすら歩き続ける体力も気力もある。

そんなふたりに育てられたセシルもエルも、幼いアルでさえ、今の状況に音を上げることなく順応できていた。

セシルたち家族は負け惜しみでなく、この状況を楽しんでいた。

心残りは伯爵家の使用人と領民たち、収穫が減ったことで苦しんでいる国民である。

(伯爵領の収穫だけじゃ、国全体は賄えないし……)

減収と害虫、害獣の大量発生、魔獣の頻出原因を、国王たちが早急に突き止め対策を取らなければ、近い将来民が飢えることになるだろう。

心配しつつも王太子の婚約者という役目からはもう解放されたのだからと、セシルは頭を切り替えた。

セシルたちはもう少しだけ歩くと、街道脇に入ってほどよい大樹を見つけた。

今日の野宿はここにしようとみんなで話し合って決める。

四歳のアルももちろん話し合いには参加した。

これからは――これからも家族みんなで助け合って生きていくのだ。

セシルは大樹の周りを一歩一歩踏みしめながら、心の中で蚊帳をイメージした。

前世の祖母の家で何度か使ったことのある蚊帳の中は、とても特別な空間に感じた。

蚊取り線香のにおい、虫の鳴き声、扇風機の回る音。

大人になってからの人生はほとんど覚えていないが、子どもの頃の思い出は色褪《あ》せない。

できればエルもアルも、この時のことが楽しい思い出になるようにと、セシルはできる限りの魔法を使うことにした。

「さて。次は寝床だけど、これではちょっと硬いよね」

大樹の根本は常に陰になるせいか、苔《こけ》に覆われている。

この苔をもう少し成長させれば、柔らかなマット代わりになるだろう。

「姉さま、僕にさせてください」

「ぼくもやるー！」

セシルが緑土魔法で苔を増殖させようとすると、エルが声をかけてきた。

アルもエルを真似て声をあげる。

「じゃあ、私は補助するから、エルがやってくれる？　アルは一緒にエル兄様を助けましょうね」

「はい！」

「うん！」

ふたりはまた元気よく返事をして、大樹の根元に屈んで手をかざした。

アルはまだ何もできないが、エルは最近かなり魔法が使えるようになってきたと聞いている。

どうやらセシルのように害獣害虫除けの防御魔法を使えるようになることが目標らしい。

ここ最近は「姉さまの助けになりたいんです」と言って頑張っているらしかった。

「では、ここはセシルたちに任せて、私は何か食べられそうなものを採ってくるよ」

「お父様、お気をつけて」

「セシルが防御魔法を施してくれているから、安全だよ」

エルが苔に緑土魔法をかける前に、父親が食料採取に出ると伝えてきた。

護送車から降りた時点で、家族全員にそれぞれ防御魔法をかけているので、虫どころか野盗さえも伯爵を傷つけることはできないのだ。

心配があるとすれば攫《さら》われることだが、父親はそれなりの攻撃魔法も使える。

「いってらっしゃい、父さま」

「やっぱりぼく、とうさまといっしょにいく！」

エルが苔に手をかざしたまま父に声をかけると、アルは父へと駆け寄る。

大樹の根元に座り込んでいるより、採取の方が楽しそうに感じたのだろう。

ところが、母がやってきて、アルを抱き上げる。

「アルはお母様を手伝ってちょうだい。あちらでお皿をお水じゃぶじゃぶするのよ」

「わかった！」

母は屋敷から持ち出した調理器具や食器を水魔法で洗うつもりらしい。

素直に乗せられたアルは母におとなしく抱っこされたまま。

「あなた、あまり無理はなさらないでくださいね」

「ああ」

母は夫である父を優しく見送ってから、セシルたちに温かな視線を向けた。

「エル、頑張ってね」

「はい」

母に応援されて嬉《うれ》しそうに頷いたエルは、ちらりとセシルを見てから苔に意識を戻した。

ちゃんとできるか、少し不安なのだろう。

セシルは大丈夫だと言うように微笑《ほほえ》んで励まし、エルが緑土魔法を施す様を見守ったのだった。

4

たった半年離れていただけだが、エルはずいぶん魔法が上達したようだった。

セシルが助ける必要もなく苔は増殖して、家族五人が寝るのに十分な広さと柔らかさを提供してくれそうだ。

「すごいわ、エル。ずいぶん魔法が上達したのね」

「僕は絶対に姉さまの力になりたいんです」

「……ありがとう。すごく頼もしいわ」

まだまだ幼いと思っていたのに、エルはしっかり成長している。

金色の柔らかな髪の毛をふわりと風に揺らして照れくさそうに笑う姿は、『可愛い』よりも『かっこいい』という言葉が似合うようになっていた。

(こんな美少年な弟が慕ってくれるって最高だよね。仲のいい両親に可愛い弟たち。ほんと、幸せだなあ……)

好きでもない相手の婚約者になってしまったこの半年の苦労を思い出し、改めて今の幸せをセシルは噛《か》み締めた。

正直に言えば、いきなり王太子殿下の婚約者に選ばれたと聞いた時にはときめいた。

今までに一度だけ見かけたことのあったマクシム殿下は、前世で夢見たような金髪碧眼《へきがん》の王子様そのものだったのだ。声をかけられる立場でもなかったので遠くから見ているだけの時は、性格もわからなかったので夢も見られた。

実際に婚約者として対面し、知れば知るほど印象は悪いものへと変わっていったのだが。

ウェリンゼ公爵令嬢のアリーネたちだけでなく、殿下にさえ田舎者と馬鹿にされる日々が続けば嫌でも気づく。

この婚約――後の結婚は、実り豊かな伯爵領を手に入れたいのだ、と。

かなり初期の頃は、セシルが伯爵領の畑に施す『防御魔法』を必要とされているのではないかと、他の畑でも施せと言われるのか、王家直属の魔術師たちに教えろと言われるのかとも考えたが違ったらしい。

そもそも、セシルの『防御魔法』は重要視されていなかった。

それどころか、断罪の時に国王が挙げていた罪には、『他領地への収穫妨害』などのわけがわからないものまであったのだ。

（まあ、自分の失策を誰か他人のせいにしてしまう方が楽だもんね）

あの場にいた貴族たちがどこまで本気で信じているかはわからないが、かなり悪意ある視線にセシルたちは晒《さら》された。

しかもメイデン伯爵のいわれなき罪を他領民たちは信じたのか、王都では護送車に石を投げる者が何人もいたのだ。

もちろん、セシルの魔法で守られた馬車には当たる前に弾かれ、音を立てることもなかったが、弟たちに気づかせないように両親ともに必死だった。

それでも、エルは何となく気づいてしまったようなふしがある。

（まだ子どもなのに……。それなのに、私のことを心配してくれて……）

そう思うと、さらに弟が愛しくなる。

「エル、大好きよ！」

「姉さま⁉」

いきなり抱きついた姉に驚いて、エルから困惑の声があがった。

その様子を見て、母の手伝いをしていたアルが笑顔で駆け寄る。

「ねえさま、ぼくも～！」

「アルも大好きよ！」

両手を広げてアルを迎えて強く抱きしめれば、「きゃー！」と楽しげな悲鳴があがった。

「こらこら、あんまり騒いではいけないよ。魔物や悪い人がやってくるかもしれないからね」

「ごめんなさーい」

戻ってきた父に嗜《たしな》められても、セシルたちは軽く謝罪しただけだった。

それに対して父親は怒ることもなく、笑顔で母親に採ってきた山草や果物などを手渡す。

母親も微笑みながら収穫物を見て、さらに笑みを深めた。

「とっても美味しそうだわ。今日はお野菜祭りね」

「おやさい……」

「果物祭りでもあるかしら？」

「くだもの～！」

野菜嫌いのアルは母親の言葉に小さな眉をきゅっと寄せたが、続いた言葉に嬉しそうにその場でぴょんぴょん跳ねた。

大好きな果物はいつも個数制限されるからだろう。「祭り」と聞いて、去年の収穫祭を思い出して、好きなだけ食べられると思ったようだった。

エルは果物の前にちゃんと野菜も食べなければならないことをわかっているのか、はしゃぐアルを見て困ったように笑っている。

セシルはエルの手を握り、驚いた顔に笑いかけた。

「今度は一緒にお母様のお手伝いをしましょう？」

「はい！」

嬉しそうに頷いたエルとセシルは手を繋いだまま、母の許へと歩いていった。

今までにも農作業の休憩やピクニックで、同じような体験はしたことがある。

そのために、屋敷から必要なものを素早く取り出せることができたのだ。

もちろん財産も没収ということで、持ち出す物を検閲されはした。

だが、簡素な衣類と身の回り品、調理器具や木製の食器類について咎《とが》められることがなかったのは当然だろう。

ただし確認したのは城から派遣された検察官――男性だったので、宝石類がないかは細かに確認されたが、ドレスに縫い付けられた小さな宝石については気づかなかったようだ。

セシルも伯爵夫人も華美なドレスを好んではいなかったが、社交界ではどうしても必要であるため、数着は持っていた。

今回はそれが幸いして硬貨などは一銭も持っていないが、どうしても即物的にお金が入用になった時にはどうにかできる。

簡単な裁縫道具もあるので、ドレスから宝石を取り外す時に上手にやって、上等な生地のドレスもお金に替えるつもりだった。

どうやら両親はそれらのことを、長い断罪の間に頭の中で考えていたらしい。

こんな状況になっても挫《くじ》けることも恨みを言うでもなく、前向きに楽しく生きようとしている両親が、セシルは誇らしかった。

「……お父様、お母様、これから頑張りましょうね！」

「ああ。ありがとう、セシル。お前たちには苦労をかけるが、それでもお前たちがいてくれるから頑張れるよ」

「その通りよ。セシル、エル、アル、愛しているわ」

セシルが明るく声をかけると、両親ともに申し訳なさを隠して微笑んだ。

ふたりの愛情のおかげでセシルは頑張ることができるのだ。

「野宿は初めてだけれど、それもわくわくするわ。ねえ、エル？」

「はい！　今日はお天気もよいので星がいっぱい見えそうですね」

「おほしさま？」

「ええ、キラキラお星様」

セシルが話を振ると、エルも答えて空を見上げた。

すると、アルも目を輝かせて顔を上げる。

セシルはそんな弟ふたりを優しく見つめた。

前世もそれなりに楽しかった記憶があるが、今もとても楽しい。

苦痛だった妃教育も社交界の付き合いもしなくていいのだ。

残してきた伯爵領や世界的な不作について心配ではあっても、家族がいれば頑張れる。

セシルは星が輝きだした夜空を見上げ、これからの生活にわくわくしていた。

第二章　優しい村での新しい生活

1

「――セシル、後でマシューさんの畑もお願いできる？」

「もちろん。もう畑を広げられたのね？」

「ええ。セシルのおかげで去年は冬を越せたばかりか、近隣に売ることができて収入を得られたからって、やる気に満ちているみたい。今年はもっと美味しく育ててみせるって意気込んでいるわよ」

母の言葉にくすくす笑って、セシルは蔓《つる》を切る作業の手を止め立ち上がった。

セシルたち家族は、あの寂れた街道を進んでいるうちに初めて見つけた村で暮らすことになったのだ。

このタチハ村の人たちはとても温かく優しい人ばかりである。

作物の生育が悪くて収穫がほとんど見込めず、これからやってくる冬をどう乗り越えようかと苦心していたにもかかわらず、歩き疲れているセシルたちを歓迎して休ませてくれたほどに。

セシルはマシューさんの畑に向かいながら、あの時のことを思い出していた。

◇　◇　◇

護送車から降ろされ、一晩野宿してどうにかたどり着いたのは、国境となる山の麓《ふもと》にある小さな村だった。

結局誰ともすれ違うことのなかった街道と同様に寂れた雰囲気の漂う村で、一晩だけ軒下を貸してくれないかと作業中の男性に父が声をかけた時はかなり驚かれた。

しかし、深く詮索することもなくどうせならと空き家を貸してくれ、噂を聞きつけた村の人たちがあれやこれやと少ないながらも食料や布団代わりの布を貸してくれたのだ。

その翌朝。

一宿一飯の恩というわけではないが、セシルはどうにか村の人たちを助けたくて、国境である峠を越えてしばらくしてから見かけるようになった植物を改めて探した。

そして村近くにも生えているのを見つけ、父に手伝ってもらい、その植物の蔓《つる》をたどって地面を掘り起こした。

そして見つけたのは、予想していた通りサツマイモによく似た紅紫の塊根である。

（やっぱり、この蔓はサツマイモだ。でも見た目も育ち方もよく似てるけど、ここは魔法がある世界だもん。ひょっとして毒があったり、私たちの体が受け付けなかったりするかもしれな

い）

そう考えながらも、セシルは塊根から土を払いながらひとり微笑んだ。

前世と違う世界だからこそ気をつけなければいけないことは多いが、今回については素晴らしい解決策がある。

「お父様、これらを全部掘り起こして、持って帰ったらお母様に鑑定してもらいましょう」

「まさか、これを食べるつもりか？」

「毒がなければ」

ニコニコしながら言うセシルを見て、父親は眉を上げた。

この世界では塊根を食べるという習慣がないことは、セシルも今までの食事からわかってはいたのだ。

しかし、今のように食料危機に陥っている時には、食物を選んでなどいられない。

もしこのサツマイモもどきが食べられるなら、そして前世のものとよく似た生態をしているなら、かなり育てやすいはずだった。

セシルは父親と塊根を抱えて戻りながら、どうか食べられますようにと心の中で祈ったのだった。

「――ただいま」

「おかえりなさい、あなた。セシル……それはいったい何なの？」

「よくわからない野草の塊根だよ。セシルはこれを食べるつもりらしい」

昨日、空き家だからと村の人に借りた家に戻ると、出迎えてくれた母親は夫と娘が抱えているものに眉をひそめた。

そんな妻に、父親が困ったように答える。

「……本気なの、セシル？」

「はい、お母様。ですから鑑定をお願いします」

母親に問いかけられて、セシルは真剣に頷いた。

セシルの母の得意な魔法は緑土魔法に分類される植物の成分を検知できるものなのだ。

簡単に言えば、『毒』を鑑定できる。

かなり希少な魔法で本来なら国で保護されるべき対象なのだが、母は家族以外には秘密にしていた。

なぜ秘密にしているのかとセシルが以前訊《たず》ねた時、『だって、知られてしまえばジョージと結婚できなかったかもしれないじゃない。保護なんて名目で囲い込まれるだけよ』と笑いながら答えてくれた。

幼馴染《おさななじみ》である父――ジョージと結婚すると、母は幼い頃から決めていたそうだ。

その時の父は困ったようで嬉しそうな、微妙な笑顔で話を聞いていた。

エルの緑土魔法は母譲りの力なのかもしれない。

父は攻撃魔法が得意なことは、出没した魔獣を何度も退治してくれていたことから知っている。

(だとしたら、私はお父様に似たのかな……？)

防御魔法は攻撃魔法と相反するものと思われがちであるが、根源は同じである。

魔力を外に向けて一気に放出するか、自身を内包するように放出させるかの違いだった。

その魔力の大きさで攻撃威力、防御範囲が決まるのだ。

今のところ、メイデン伯爵領全体なら防御魔法を施すことができた。

さらに広範囲となると、セシルにもまだわからない。

(ま、いっか。今はサツマイモもどきが食べられるか、よね)

あれこれ考えてもわからないことはわからない。

セシルは母が魔法をサツマイモもどきに施すのを見守った。

母がかざしていた手をどければ、サツマイモもどきはほんのり白く光っている。

そっと裏返してみても色は変わらず、セシルはほっと息を吐いた。

毒が混じっていれば紫や黒色に光るのだ。

「よかった。これなら食べても害はないですね」

「害はないけれど……こんなものを食べるつもりなの？」

「はい。きっと美味しいはずです」

「セシル、本気か？」

「本気です、お父様」

両親ともに信じられないといった表情をしている。

そんなふたりの前で、セシルは水魔法で塊根を綺麗《きれい》に洗浄すると輪切りにし、母が持ってきた鍋で湯を沸かして入れた。

「ひとまずは茹《ゆ》でて味をみようと思います。お父様、岩塩を少しいただいてもいいですか？」

「あ、ああ。もちろん」

塩は貴重なので塩茹でにはしないが、茹で上がった塊根に小さく砕いた岩塩を少しだけふりかける。

そして、ほくほく湯気を上げているサツマイモもどきを、ひょいっと摘《つま》んで口に入れた。

「あ……」

「まあ！」

娘の行動に驚きの声をあげた両親へ、セシルは満面の笑みを向けた。

「やっぱりサツマイモです！」

「さ、さつ……何だって？」

「美味しいです！　お父様もお母様も召し上がってください！」

輪切りにした茹でたサツマイモもどきを載せた皿を、セシルは両親に差し出した。

父親は眉を寄せながらも一切れ摘んで口へひょいっと入れる。

「あなた、手で摘むなんて……！」

どうやら母はサツマイモもどきを食べることよりも、フォークも使わずに直接手で摘むことに抵抗があるらしい。

母らしくて、セシルはくすくす笑った。

いつもは父よりも母の方が好奇心旺盛で積極的なのだ。

「これは確かに美味しいな！」

「でしょう？」

父が感嘆の声をあげ、セシルは得意げに答えた。

すると、フォークを取りにいこうかと迷っていた母もえいっとイモを摘んで口に入れる。

途端に目を丸くした。

「美味しいでしょう？」

セシルが笑って促すと、母はこくこくと頷く。

まだ口の中に残っているので、さすがに声は出せないようだ。

家の外からは、村の子どもたちと遊んでいるエルとアルの声が聞こえる。

「残りはエルとアルが帰ってきてから、食べましょう。その前に……クイ油を使ってもいいですか？」

「もちろんかまわないが……。ひょっとして炒《いた》めるのかい？」

「はい。皮まで美味しく食べられるんです」

「ずいぶん詳しいが、食べたことがあるのかい？」

前世の記憶があることは両親にも伝えていないため、セシルの自信満々な言葉に父は疑問を持ったようだった。

「あ……っと、いえ。王城の図書室の古い本に記載があったので……」

いつかは伝える日がくるかもしれないが、この大変な時ではないと判断してどうにか考えた言い訳に、両親は納得したらしい。

「なるほど。昔はもっと皆に食べられていたのかもしれないな」

「あら、忘れてしまうにはもったいない美味しさですのに」

ほっとしたセシルは、鉄鍋をさっと乾かして火にかけクイ油を用意した。

焼き芋も心惹《ひ》かれるが、皮が美味しくなくなってしまうので、食料不足の今の調理方法としてはもったいないだろう。

クイ油はクイの実から抽出できる油で、味はオリーブオイルのような感じだった。

ただ、クイの実は東南地方の植物なので、この地方ではきっと貴重なはずである。

そのため、母が持ちだしたクイ油も大切に使わなければならず、揚げることはできない。

（まあ、サツマイモがオリーブ油と相性がいいかと言われれば、今ひとつなんだけど……）

砂糖も貴重なので、大学芋は諦める。

（スイートポテトも今はやめておいた方がいいけど、はちみつ煮ならどうかな……）

セシルは簡単サツマイモ料理を思い浮かべながら、熱したフライパンにクイ油を垂らした。

2

「姉さま、美味しいです！」

「うん、おいしい〜！」

クイ油でサツマイモもどきを炒め、両親とともに味見をしたセシルは、弟たちを呼び戻してふたりに食べさせた。

「果物みたいに甘いですね」

「うん！　でもすこしモソモソする……」

「こらっ、アル！」

正直な感想を言うアルを、エルが窘める。

「私たちもちょっとモソモソするとは思っているから、気を遣わなくてもいいのよ、エル。あ

りがとう」

セシルは可愛い弟たちのやり取りに笑いながら、優しいエルに声をかけた。

エルはわずかに顔を赤くして遠慮がちに微笑む。

（天使～！　もう、ふたりとも可愛いーー！）

セシルは内心で悶えながらも、『優しい姉』像を崩したくなくて平静なふりをして両親に話を振る。

「お父様、お母様、この塊根がこのように食べられることを、この村の人たちは知っているのでしょうか？　もし知らないのなら教えてあげたいです」

「ふむ。そうだな。この山にもっと自生しているなら、食料不足解消の助けになるだろう」

「でも、いきなりやってきた私たちが伝えたとして、受け入れてくれるかしら？」

「大丈夫だろう。排他的な人たちなら、そもそも私たちに空き家とはいえ一晩でも貸してくれないはずだ」

「そうですよ、お母様。エルもアルもみんなと楽しそうに遊んでいたじゃないですか」

「……そうねえ」

家族がかかわると心配性になる母を父と説得して、セシルは残りの塊根を調理してから、昨日親切にしてくれた男性の許へ持っていった。

男性はこの村の長らしい。

それから話は早かった。

国境近くに住む人たちとは思えないほど警戒心が薄いのか、それとも異文化交流をしてきたために柔軟な考え方を持っているのか、とにかくタチハ村の人たちはセシルが発見した塊根を食料としてすんなり受け入れたのだ。

「すごい！　こんなものが食べられるなんて！」

「ええ、しかも甘いわ！」

「たったこれだけで、ずいぶん腹がふくれるぞ！」

セシルたちが用意したサツマイモもどきを食べた村の人たちは、口々に驚きと賞賛の声をあげた。

中には泣いている女性もいる。

それだけ、これからやってくる冬が不安だったのだろう。

「ジョージさん、これはスレイリー王国では普通に食べられているものなんですか？」

「いや、私も今回初めて食べたんだ。実はこれが食べられると教えてくれたのは、娘のセシルでね。セシルは魔法の腕も一流で自慢の娘なんだ」

「え……」

父親が正直に打ち明けると、村の人たちはぽかんとしてセシルを見た。

みんなの視線に晒されて、セシルはたじろぎつつも、借りた家に残してきた母や弟たちに念入りに防御魔法を施すようにと父に言われた意味を理解した。

大した荷物も持たず街道を家族五人で歩いて旅をするなどわけあり以外の何ものでもない。

そんなセシルたちを受け入れてくれた村の人たちに嘘《うそ》は吐《つ》けない。

嘘というのは一度でも吐いてしまえば、さらに嘘を重ねなければならなくなる。

だからといって、正直に生きることが正義でもないことは、セシルもわかっていた。

異端分子を排除しようとするのは人間の防衛本能であり、村の人たちが急に敵意を向けてくることは大いにあるのだ。

父は村の人たちに恩返しをしたいというセシルの気持ちを汲《く》みながら、家族を守るために最善の選択をしている。

『魔法の腕が一流』というのは出自を打ち明けつつも、けん制でもあった。——下手に攻撃すると魔法で反撃するぞ、という。

セシルと父が緊張しながら村の人たちの次の反応を待っていると、みんなはぱっと顔を輝かせた。

「やっぱりあんたたちはお貴族様か！」

「それで俺たちと違って立派な魔法が使えるんだろう？」

「いやあ～わけありなのはわかってはいたが、食べられるものがわかるなんて便利な魔法が使えるなら、旅も荷物が少なくていいわけだ」

「何にせよ、俺たちは助かった。ありがとう、セシルさん」

「いやいや、セシル様だろ？」

「あ、そうか」

セシルと父の予想に反して、村の人たちはやんややんやと楽しそうに騒いでいる。

魔法が使えることについても少々の誤解はあるが、危険人物だとは考えていないようだ。

それから何度もセシルは「ありがとうございます！」と感謝され、呆然《ぼうぜん》としながら「いえ」とか「大したことでは」などと答えることしかできなかった。

「ところで、これは何ていう食べ物なんですか？」

「あ……それは……特に決まっていなくて……」

ひとりの村人男性に問われて、セシルは塊根にまだ名前がないことに気づいた。

確かにこのまま食料として定着させるなら名前が必要だろう。

（でも『サツマイモ』は何というか、ダメな気がする……）

前世での地名を出すのはなぜか抵抗感がある。

少し悩んだセシルは、質問してきた男性に逆に問いかけた。

「この村は何という名前なのですか？」

「へ？　この村ですか？　そりゃ、『タチハ村』っていいます」

「タチハ村……。それでは、この村の名前から『タチハイモ』というのはどうでしょう？」

「この村の名前からですか⁉」

「そんな、畏れ多い……」

セシルの回答に村の人たちはざわめいた。

だが『サツマイモ』も元々は〝薩摩国《さつま》〟から日本全土に広がったことからそう呼ばれるようになったのだし、品種の『鳴門金時《なると》』は〝鳴門〟で改良栽培されているからだ。

それなら、この村の名前を付ければいいとセシルは考えたのだった。

「この村周辺以外に、今までこの植物を見たことはありませんでした。ですから、これはこの村の特産としていいと思います。それがわかるためにも『タチハイモ』という名前はぴったりです。えっと、『イモ』というのは……おまけです」

塊根すべてが食べられると誤解されないためにも、イモについては説明を省いた。

ジャガイモのように気をつけなければいけないものもあるので、気軽に塊根は食べられるとしないほうがいい。

「この村の特産……」

「これはすごいことだぞ！」

「ああ！」

セシルが名付け理由を説明すると、人々はまた盛り上がった。

そして再び、お礼の嵐である。

「お父様、どうしたら……」

「お前はいいことをしたのだから、素直に受け取っていなさい」

困惑するセシルに、黙って見守っていた父親はニコニコしたまま動じた様子はない。

むしろ自慢げに見える。

そうして皆が喜んでいるところに、村長が父親に問いかけた。

「それで、あなたたちは行くところがあるのですか？　もしよければ、このままこの村で暮らしてはどうです？」

途端に、父親よりも村人の方が早く反応して賛同する。

「それがいい」

「そうよ！　そうすればいいわ！」

そんな村の人たちに、父親は困ったように笑う。

「とてもありがたいお申し出ですが、家族とも相談しなければなりませんので、返答はお待ちいただけますか？」

「もちろんです。とはいえ、色よい返事をお待ちしております」

父親の言葉に村の人たちも納得して、その場は解散となった。

それでも借家に帰ろうとするセシルたちに、村の人たちは何度もお礼を言ってきたのだった。

3

一晩借りた家にもう一泊することになったセシルたちは、家族会議を開くことになった。

エルとアルもまだ幼いが、きちんと参加する。

「私はできればこの村に残りたいです。ここでなら家族五人でのんびり暮らしていけるでしょう？　それに、わけありだとわかっていて受け入れてくれる村の人たちのためにも、あの『タチハイモ』がきちんと栽培できるのか、自生しているものしか採取できないのか知りたいですし、他にも試したいことがあるんです。それで少しでもこの村の人たちに恩返しできればと思っています」

セシルが『タチハイモ』と名付けた塊根は、蔓も葉も形態は『サツマイモ』によく似ていたが、実際に栽培するとなるとまた違うかもしれないと懸念していた。

もし『サツマイモ』の通りならかなり手がかからないので、これほどに助かることはないが、確信が持てない。

しかも、この地域では油は植物性のものはなく、動物性のものが利用されており、バターなどはとても希少で、タチハイモの調理方法としては茹でるの一択になってしまっていた。

（砂糖も塩も貴重となると、ただの蒸かし芋だけね……）

味のバリエーションがないのは残念だが、食料不足の時に贅沢《ぜいたく》は言っていられない。

セシルが道中で見かけ、父と山に分け入った時に見かけただけでも、おそらくこの村の人たちの冬の食料分はあるだろう。

ただし、栽培方法にまだ不安があることを考えると根こそぎ収穫するのは避けるべきだった。

（それに、タチハイモの栽培方法だけじゃなくて……たぶん、ここなら菜種油もできるんじゃないかな……）

セシルは山に入った時に周囲を見回し、植生をしっかり観察して出した結論だった。

このままこの地で暮らせるなら、やりたいことはいっぱいある。

その気持ちを両親に伝えると、エルとアルも賛同する。

「僕もここで暮らしたい。ちゃんとお勉強は続けるから」

「うん。まだあそびたりないよ」

たった一日で村に友達ができたらしいふたりは素直な気持ちを口にした。

「だがな、わけありなのは察しているだろうが、私たちが追放されたことはやはりきちんと話さなければならない。それでも受け入れてもらえるか、ひょっとして激しい怒りを買う可能性もあることを考えていなければならないよ」

「ええ、ジョージが皆さんに話をする時は、私たちはここで待っているわ」

「私も、今度はここで待っています」

セシルたちは冤罪とはいえ国家反逆の犯罪者なのだ。

国外追放という罰に従っているため、国から追手が来ることはないだろうが、村人からすれば気分のいいものではないだろう。

もし犯罪者など許さないと怒りを向けられた時にはすぐに逃げ出せるように、荷物をまとめてセシルの防御魔法を強化した。――が、そんな心配はまったくいらなかったどころか、改めて大歓迎されることになった。

そして、セシルたちは翌日から村人たちと山へと分け入り、あれこれと指導して一冬越せるだけのタチハイモを収穫したのだった。

◇◇◇

(この村の人たちはいい人すぎて、心配だよ……)

セシルはあの時の村のみんなの喜びぶりを思い出し、ため息を吐いた。

いくらセシルが新しい食料となる植物を教えたからといっても、あまりに警戒心がなさすぎる。

(ほんと、みんなお人好しだよね)

セシルはマシューさんが新しく開墾した畑に防御魔法を施し終えると、お礼にと自家製パンをもらった。

さらに家路までの短い距離でたくさんの村人たちに声をかけられる。

「セシル様、これはうちで育てた野菜です」

「今日はお天気がよいですねえ。セシル様、これ、たくさん産んだのでもらってくださいな」

「うちの牛がたくさん乳を出したので、後でお届けしますね」

などと差し入れをもらい、セシルの両手はいつのまにかいっぱいになっていた。

すると、今度はその荷物を家まで運びましょうと声をかけられるのだ。

さすがにその申し出は笑顔で断り、また家へと向かう。

以前から何度か「セシル様」呼びはやめてほしいと伝えたのだが、結局は父のジョージや母のアリー、エルやアルまで「様」を付けて呼ばれてしまっている。

セシルたち家族がスレイリー王国でかなり高位の貴族であったことは、使える魔法からもわかってしまっているからだろう。

敬意を払ってくれるのはありがたいが、やはりもっと普通に接してほしいとも思う。

（まあ、贅沢な悩みだよね……）

セシルは家へと帰りながらお礼の自家製パンを見下ろした。

このパンを焼く小麦だって今はとても貴重なのだ。

魔法を施したからといって、セシルには何の損失もないのに、遠慮しても受け取ってほしいと渡されたものだった。

（このままだと悪い人に騙されちゃうんじゃ……）

今は街道を利用する者もほとんどいないが、この不作が続く前は行商人などが利用していたらしい。

今後、タチハイモが流通し、人の往来がまた増えてきた時に悪徳商人などがやってくる可能性もある。

そのために何か対策ができないか考えていたセシルはふと顔を上げ、山の中腹に見えた景色にはっとして足を止めた。

この半年で何度も見たはずの山の景色だったが、初めて目にする光景に驚く。

（あんな場所あった？　まさか……でも……）

前世では毎日のように見ていた景色。

だが、この世界で見たのは初めてだった。

山の中腹は霞《かすみ》がかっており、白い靄《もや》の合間から覗《のぞ》くのは桃園である。

花は咲いていなくても、前世の実家が桃農家だったセシルは桃の木だと確信した。

急いで家に戻ってパンや差し入れの品を置くと、山に入るために着替えてエルに少し出てくると言付ける。

エルは心配していたが、大丈夫だと言い含めて家を出た。

父や母に見つかると、ひとりで山に入ることを止められるだろう。

実際、危険なのだ。

慣れた山でも遭難の危険性はいつでもある。

だがなぜか、この時のセシルは急がなければ、行かなければ、という気持ちに追い立てられていた。


この村に住んでまだ半年。

山にはイモ掘りに村の人たちと何度か入ったことがあるとはいえ、単独で中腹まで登るなど無謀でしかなかった。

それなのになぜかセシルはすんなりと目的の場所へとたどり着いたのだ。

(時間もそんなにかかってないよね……)

足元にまとわりつく靄を蹴るように一歩足を前へと進めた途端、視界が晴れた。

しかも、この瞬間までまったく感じなかった、熟れすぎた桃が地へと落ち朽ちていく、甘くも膿《う》んだにおいがする。

(さっきまで草木のにおいしかしなかったのに……)

何となくおかしいと感じながらも、セシルは引き返すことができなかった。

落ちた桃だけでなく、この桃園までもが朽ちていっているような嫌な気配が拭えなかったからだ。

セシルは数歩足を進めて落ちている桃を見つけ、屈んで半分腐っている実を拾い上げた。

（害虫被害に遭ってる……）

セシルは顔を上げて桃の木を観察した。

袋かけがしてあるわけでも、摘蕾《てきらい》や摘果などの人が手入れした気配はない。

それなら病気や害虫被害に遭うのも理解できるのだが、この桃園は何か不自然に感じた。

そもそもこの半年の間、一度もこの桃園を見たことはなく、村の人たちが話しているのも聞いたことがなかった。

これほどの芳香を放つのなら、村の人たちが気づかないわけもない。

（それに、実が熟す時期でもないはず……）

前世とは違うのだから、桃に似ていても特性が違うのは当たり前である。

ただどうしても違和感が拭えず、虫嫌いにもかかわらずセシルはあたりを見回した。

どの木も実は害虫被害に遭っているようだ。桃は病気にも害虫にも弱い。

（これだから桃は嫌いなんだよね……）

そう思いながらも、セシルはしばらく考えた。

どうしたら、この桃園を復活させることができるだろうか、と。

きっとこれが桃園でなければ、さっさと放り出している。

それができないのは、やはり前世の家族との大切な思い出があるからだ。

（まずは桃の木一本一本に害虫や病原菌を追い出すイメージで防御魔法を施す。それから桃園全体に今度はあらゆる害が侵入できない防御魔法を施し……うぅん。その前にこの落ちた桃を排除しないとダメね……）

メイデン伯爵領の畑では人手もあり、種蒔《ま》き、苗の植え付け前に防御魔法を施していたので、そこまで繊細なコントロールを必要としなかった。

だが、この桃園は人が足を踏み入れた気配もなく、すでに害虫に侵されている。

初めての試みではあったが、きっとできるはずと自分を叱咤《しった》し、セシルは目の前の桃の木に触れた。

そして桃の木から病原菌や害虫を追い出すイメージをしながら防御魔法を施す。

しばらくして、はっきりとした手ごたえを感じ、セシルは桃の木から手を離した。

見上げれば、心なしか桃の木が元気になったように見える。

「よし！　次々いこうぜ！　おー！」

ひとりなのをいいことに、セシルは声を出して自分を鼓舞した。

それからは立ち並ぶ桃の木に順番に防御魔法を施していく。

徐々にコツを覚えたセシルは、声に出した通りに次々と桃の木を回復させていった。

およそ九割の桃の木を終え、セシルはあと少しと手を止めて大きく息を吐いた。

その時、一番奥の桃の木の根元で何かが動いた気がして、急ぎ警戒態勢を取る。

（ただの鳥か何か？　魔獣だったらどうしよう……）

防御魔法は得意だが、攻撃魔法はあまり得意とは言えない。

むしろ使ったことがない。

もし魔獣などに攻撃されれば、防戦一方になるだけなのだ。

たとえ頑丈な檻《おり》で守られていたとしても、常に攻撃されるのは心理的にかなり消耗する。

まだすべての桃の木に防御魔法を施せたわけではないが逃げ出してしまおうかと考え、そうするとなぜかこの桃園に再び戻ることはできない気がした。

そこで覚悟を決め、自分への防御魔法を再構築し、そろりそろりと近づく。

「……え！　嘘⁉」

セシルは桃の木の陰に隠れるように横たわった猫を見て、悲鳴に近い声をあげた。

おそらく本来は真っ白な毛並みの猫なのだろうが、今は怪我をしているのかどす黒くなった血で汚れている。

セシルの存在に気づいて目を開けた瞬間、猫の瞳が金色にきらりと光る。

だがすぐにどんよりと曇り、力尽きたかのように目を閉じた。

（——違う！　まだ目を閉じるだけの力はある！）

思いがけない生き物の姿に呆然としていたセシルだったが、ぐっと歯を食いしばり猫の傍に膝をついた。

怪我をしてからずいぶん時間が経っているのか、血は固まり、傷口は膿んでいる。

「まさか、そんな……」

傷口を見たセシルは、それが矢傷であることに気づいて悲痛な声を漏らした。

誰か人間に矢を射られたのだ。

どうにかして助けないとと思うのだが、瀕死《ひんし》状態の猫を抱えて山を下りるのは傷が再び開く可能性もあり無謀に思えた。

しかも残念ながら、村には獣医どころか医師もいない。

迷ったのは一瞬で、セシルは防御魔法を応用して治癒魔法もどきを施すことにしたのだった。

4

スレイリー王国で治癒魔法を扱えるのは、王城の魔術師の中でも一握りだけだった。

それほど貴重な治癒魔法をセシルができるとは思えないが、先ほど桃の木に施した防御魔法を応用すれば、怪我の治療が少しはできるのではないかと考えたのだ。

（もし失敗したら……）

命を目の前にしてセシルは怖かったが、何もしなければ確実にこの猫は死んでしまう。

そう考えて、セシルは大きく深呼吸をした。

（もし毒矢だとすれば、きっともう生きてはいられないはずだから、問題はこの膿んだ傷と出血だよね。確か黄色ブドウ球菌とか何とかが悪さをするってことだったよね？　それに破傷風も怖いから、とにかく悪い菌を追い出さないと……）

大した医学知識はないが、前世で怪我をした時のことを思い出して、猫の体から病原菌――化膿させている菌を追い出すイメージをする。

セシルが防御魔法を――防御魔法だと思っている魔法を施すと、猫の呼吸が少しだけ落ち着いてきたようだった。

（よかった。悪化はしていないし、出血したりもしていないみたい）

魔法を施すことで再び出血したらどうしようかと心配したが、無事だったようだ。

「ちょっと待っててね」

セシルは猫に優しく声をかけてから立ち上がると、意を決して桃園を出た。

桃園の周囲は霞に包まれているが、見失ってはいない。

できるだけ離れないように意識しつつ、注意深く歩いて周囲を窺い、目当てのものを見つける。

「よかった。あった……」

嬉しそうに呟いたセシルは一度振り返って桃園を確認し、もう少し進んで薬草を摘んだ。

怪我をした時に止血と殺菌効果があるとされるヨモ草である。

ヨモ草を持って桃園に無事に戻ると、ヨモ草の汚れを水魔法で洗い流した。

さらにセシルは緊張しながら水魔法を工夫して温め、猫の傷口にそっとぬるま湯を注ぐ。

すると、猫は驚いたのか痛かったのか、ふにゃっとかすかに鳴いてセシルを見上げた。

「ごめんね。痛いよね。でも少しだけ我慢してね」

どうか傷が開きませんようにと祈り、揉んで柔らかくしたヨモ草を当てた。

その上から持っていたハンカチで覆い、何か軽く縛るものはないかと探す。

しかし、残念ながら見当たらず、悩んだセシルはふと閃《ひらめ》いた。

（そうだ。防御魔法を工夫すれば……）

防御魔法で空間を閉じるように、ハンカチを上手く押さえればいいのだ。

そう考えて、慎重に強く押さえすぎないようにと気をつける。

どうにか魔法を施し終えると、猫はまだ苦しそうなものの、先ほどよりずっと生気が感じられた。

（まだ油断はできないけど、でも……よかった……）

ほっと安堵《あんど》したセシルは、改めて頭上の桃の木を見た。

その桃の木はどうやら唯一害虫に侵食されていないようで、瑞々しい桃の実がなっている。

（不思議……この木からは清浄な空気が出ているみたい）

猫の怪我に慌てていてまったく気づいていなかった。

ひょっとして他の桃の木も害虫に侵食される前は同じように清浄な気を放っていたのかもしれない。

だとすれば、元に戻りますようにとセシルは願いながら、残りの桃の木にも防御魔法を施していった。

やがてすべて終えたセシルは、猫をそっと抱えて桃園全体に守りの防御魔法を施した。

すっかり遅くなり太陽が沈みかけているので早く帰らなければと、セシルは桃園を出ようとしてふと踵《きびす》を返す。

そして唯一害虫に侵食されずに残っていた桃の木からふたつ、桃の実をもいで傷めないように魔法をかけて袋に入れた。

家族に食べさせたいと思ったわけではなく、なぜか怪我をした猫に必要だと思ったのだ。

それから急ぎ山を下り、セシルを捜しに山に入ろうとしていた父親と出会い、こっぴどく叱られたのだった。

◇　◇　◇

「――まったく、どれだけ心配したと思っているんだ」

「まあまあ。あなた、今日はもうそこまでにしてあげて。セシルの行動はかなり危険なものでしたけれど、この気の毒な猫を救ったんですもの。ひとまずは休ませてあげないと」

家へと戻って怪我をした猫に必要な処置を施した後、父親はまだお小言を続けようとした。それを母親が止めに入る。

実際、セシルは猫の治療と桃園への防御魔法でかなり疲れていた。

「ごめんなさい、お父様。でも今日はお母様の言う通り、本当に疲れていて……諸々の説明は明日でもいい？」

「……わかった。こちらこそ、すまなかったね。ゆっくりお休み」

「ありがとう」

お茶を飲み終えて体が温まると急に眠気に襲われ、セシルは申し訳なさそうに微笑んで立ち上がった。

母の浄化魔法で綺麗《きれい》になった猫は、柔らかな白い毛並みの体をゆっくり上下させて籠の中で眠っている。

傷口だけは新しい薬草を塗って清潔な布で押さえているので、怪我をしているのだとわかるくらいの穏やかさだった。

「その子は私たちが看るから、大丈夫よ」

「ええ……」

何となく離れがたくて猫を見つめていたセシルに、母が声をかけた。
本当なら籠ごと寝室に連れて行きたいが、あまり動かさない方がいいだろう。
セシルは触れることも我慢して、寝室へと向かった。

第三章　もふもふと聖獣伝説

1

翌朝。

太陽がまだ顔を出さない薄暗い中で目覚めたセシルは、弟たちを起こさないようにそっと寝室を出た。

それから台所兼食堂へ行くと、床に置かれた籠にそっと近づく。

猫はその気配に気づいて目を開け、金色の瞳でじっとセシルを見つめた。

すぐに閉じることはなくなった金色の瞳をセシルも見つめ返し、ゆっくり指先を近づけてにおいを嗅がせる。

呼吸も安定しており、回復しつつあることに、セシルはほっと息を吐いた。

「何か食べないと、体力も戻らないわよね」

セシルは猫に話しかけ、何を食べさせようかと考えた。

牛乳は確か個体によってはあまりよくないと聞いたことがある。

今はひとまず普通にお水かなと、お皿に水魔法で新鮮な水を注ぎ、スプーンですくって猫の口元に運んだ。

猫は器用に舌を丸めてペロペロとお水を飲む。

「よかった。ひとまず水分は摂れるわね。だとすれば、お昼ぐらいには何か……鶏肉をすり潰したものがいいかな……」

ひとりぶつぶつ呟いていると、猫は嫌そうにきゅっと口をすぼめた。……ように見えた。

「鶏肉は嫌い？」

セシルはふふっと笑い、じっと猫を見つめた。

「あなたの名前を考えないと。何がいいかしら？」

答えが返ってくるわけではないのに、セシルは猫に訊ねた。

すると、不思議なことにふわっと頭の中に名前が浮かんでくる。

「……ロア？　そうね。あなたの名前はロアがいいわ。確か聖獣様の瞳も太陽のような黄金色なのよ。だから聖獣ガロアの名前をいただいて、ロアってかっこいいわよね？」

この世界に伝わるおとぎ話に登場する聖獣の名前がガロアだったことを思い出し、セシルは猫に――ロアに伝えた。

猫は満足したようにしっぽをふりふり揺らす。

少しずつ動けるようになっていることにセシルは喜び、朝ご飯の支度のために立ち上がった。

そこに母親も起きてくる。

「ずいぶん早いのね」

「ロアのことが気になって……そうそう。この子の名前はロアにするわ。聖獣ガロアからいただいたの」

「あら、いいわね」

母親もロアの名前に賛成し、籠の傍に膝をついて様子を窺った。

セシルも再び傍に寄る。

「薬草を変える？」

「そうね。用意してくれるかしら？」

「もちろん」

セシルは頷くと、朝ご飯よりも先に薬草の用意を始めた。


太陽が沈む頃になると、ロアはかなり回復したようだった。

しかし、水以外に何も口にしようとしない。

火を通した鶏肉をすり潰したものも、牛乳を煮沸して冷ましたものも、父親がエルとアルと釣ってきた川魚の身を茹でてすり潰したものもダメだった。

「困ったわねえ。いったい何なら食べるのかしら」

「マシューおじさんのおうちのネコは、ネズミをとってくるっていってたよ」

「じゃあ、ネズミかなあ?」

セシルたち家族五人は、ロアを前にして悩んでいた。

すると、アルがマシューさんの家の猫のことを言い、エルが真剣に答える。

途端にロアは「ニャニャ!」と鳴いて、皆におしりを向けた。

それだけ動けるようになったのは嬉しいことだが、どうやら嫌がっているらしい。

「ロアは私たちの言葉がわかるのかしら」

「そんな気がするねえ」

「賢い子なのね」

おしりを向けて隠れているような姿は可愛いが、何か食べてくれないと元気になれないだろう。

また皆で考え込むと、アルが無邪気に次の案を出す。

「それじゃあ、タチハイモは?」

「それはさすがに……」

セシルは遠回しに否定しようとして、ふと大切なものを思い出した。

昨日、桃園から持ち帰った桃の実を袋に入れたままだったのだ。

桃はかなり繊細なので、防御魔法をかけたとはいえ傷んでいないかと慌てた。

「セシル？」

急に立ち上がったセシルを、父や皆が不審がる。

セシルは昨日の袋を持ち出し、中から桃の実を取り出した。

「お父様。昨日、私が見慣れない木を見つけたので山に入ったと言いましたが、その時にこの実を見つけたんです」

防御魔法のおかげか、ふたつとも傷んだ様子はない。

そのうちのひとつをテーブルに置き、もうひとつの防御魔法を解いた。

すると、室内に甘い芳香が漂う。

「すごいいい匂い……」

「ねえさま、それはたべてもいいの？」

エルが呟き、アルはぴょんぴょん跳ねながら訊く。

だが、父親がそれを制してセシルに真剣な表情を向けた。

「セシル、それは聖果《ネクタム》ではないか？」

「ネクタム？」

「ええ、私もそう思うわ。伝説のネクタムのようだもの」

セシルにとっては『桃』でしかないのだが、父と母の言葉を聞いて、確かにと思う。

創世のおとぎ話とともに伝えられている『聖果《ネクタム》』は、聖獣の唯一の食べ物であるとされている。

真珠のような白さにうっすらと赤く色づく果実は、この世のものとも思えないような甘い芳香を放ち、その実は柔らかくそっと触れなければ一気に黒ずんで傷んでしまうという。

（それって、白桃そのままだ）

昔からよく聞いた語りではあるが、今さら前世の白桃を表現するのによく似ていると気づいた。

（それに確か、ネクタムも桃とよく似た伝説があって、不老長寿の妙薬とされていなかったっけ？）

セシルは手の中の桃の実――ネクタムらしきものを見下ろした。

これが本当にネクタムだとすれば、あの場所は伝説の〝聖なる園〟だということになる。

聖なる園には聖獣の唯一の食べ物である聖果の実る木――聖樹が生い茂るという。

しかし、あの場所にある木々は病に侵されていた。

そこで怪我をして瀕死の状態だったロアを見つけたのだ。

（だとすれガロアは……）

と考えていたセシルの耳に、父の深刻な声が聞こえてくる。

「まさかとは思うが、もしそれが本当にネクタムなら、私たちが食べるわけにはいかない」

「そうよね。不老長寿なんて恐ろしいもの」

欲のない両親らしい言葉に、セシルは微笑んだ。

この手にある実は前世の桃によく似ているが、それでも似ているだけなのだ。

毒があるかもしれないし、魔法がある世界なのだから、本当に不老長寿の実かもしれない。

それでも――。

「あのね、これならロアも食べるかもしれない。だって、ロアはこの実がなっている木の根元に倒れていたんだもの」

なぜかセシルはそう強く感じ、水場に置いた盥《たらい》の上で水魔法を使って実を洗い流し、皮を剥いた。

よく熟れた桃と同じように、手でするすると皮は剥《む》ける。

それから両親やエル、アルが見守る中、セシルは細かく実を刻むとお皿に載せてロアへと差し出した。

背中を向けていたロアは実を取り出した時から元に戻っており、ご機嫌な様子でしっぽをぱたぱたさせている。

そしてお皿を目の前に置くと、嬉しそうに食べ始めた。

「たべた！」

「まさか、本当に？」

「これがネクタムでないにしても、猫が果物を食べることなんてあるのかしら？」

「ロア、嬉しそうだよ！」

両親や弟たちが口々に驚き喜ぶ。

実の正体が何であれ、とにかくロアがようやく食べ物を口にしたことが嬉しいのだ。

セシルもまた安堵しつつも、いったいどういうことかと疑問でいっぱいだった。

そこに、不思議な声が聞こえる。

『ありがとう、セシル。助かった』

「え……？」

「セシル、どうかしたの？」

思わず周囲をきょろきょろするセシルに、母が声をかける。

だが、家族以外に誰もおらず幻聴かとセシルが思い直した時、再び声が聞こえた。

『セシル、我だ。ロアだ』

「え⁉」

「セシル？」

「姉さま⁉」

「どうしたの？」

ロアだと名乗る声に驚きすぎて、今度は母だけでなく父もエルもアルも心配の声をあげた。

セシルはロアを見てから、家族の皆へと視線を移す。

「ロアが……しゃべった」

セシルが呆然として言えば、皆一様に不思議そうな顔をする。

「ロアが？」

「何も聞こえなかったぞ」

「にゃあってないてないよ？」

「うん。聞こえませんでした」

その反応に、やっぱり幻聴だったのかと思いかけたセシルに、ロアはしっぽを振りながら話しかけた。

『皆に聞こえぬのは仕方ない。我の声は神子にしか今は聞こえぬからな』

「神子？　……神子!?　いやいやいや！　それはない！」

ロアの話を聞いたセシルはその言葉をゆっくりのみ込んで、先ほど以上に驚き否定した。

家族はもう何も言わずにセシルとロアを交互に見る。

『なぜ信じない？』

「なぜって……」

ロアに問われて、セシルは答えに詰まった。

確かにどうして信じられないのだろうかと思う。

「それは……さすがにファンタジーが過ぎるっていうか、ヒロイン力が強すぎて私には力不足というか、転生だけでお腹いっぱいというか、何というか……」

『そなたは何を言っているのだ?』

「姉さま?」

「セシル、大丈夫かい?」

つい本音を口にすると、ロアだけでなく、父や母、エルやアルまで怪訝《けげん》そうにセシルを見た。

「いえ、あの……ロアが、私のことを〝神子〟だって……」

自分で言うのが恥ずかしく、セシルの声は徐々に小さくなっていった。

メイデン伯爵領の人たちに〝神子様〟と呼ばれても笑って聞き流せたが、さすがに今回は戸惑ってしまう。

すると、父親が「ふむ」と頷く。

「まあ、それはそうかもしれんな」

「そうねえ。領地のみんなが言っていた通りねえ」

「姉さま、さすがです!」

「さすがです〜」

両親や弟たちはあっさり答え、にっこり笑う。

あまりに簡単に家族が受け入れたことに唖然《あぜん》とするセシルの耳に、ロアの『事実だからな』という呆れ交じりの声が聞こえたのだった。

2

「それで、ロアは聖獣様の遣いなのかい？」

「え？」

「そうね。こんなに真っ白な猫なんて珍しいものねえ」

「ロアはふわふわ〜」

「うん。可愛いですよね」

セシルが神子というよりも、ロアの正体の方が家族は気になるらしい。

ロアは褒められているのが嬉しいのか、満足そうにしっぽをぱたぱたしている。

自分が神子かもしれないのに、家族みんながスルーしていることに、セシルは困惑した。

「ね、ねえ！　私が神子かもしれないってことはいいの？　もっとこう、驚いたり、信じられなかったりしない⁉　それに、追放された時の罪状にも『神子を騙った』ってあったんだよ⁉」

セシルの問いに両親は顔を見合わせて微笑み合う。

「今さら罪状などはどうでもいいさ。陛下も殿下も甘言に惑わされ判断を誤ってしまわれただけだ。本当に見る目のない方たちだった」

「ええ、うちの可愛いセシルの素晴らしさに気づかれないなんてねえ」

ふたりして親馬鹿発言をした後、父親がロアに向けて訊ねた。

「セシルは神子として、何か使命があるのでしょうか？　私たちに手伝えることがあるのならいいのですが……」

「私が神子っていうことは決定事項なんだ……」

父の気になったところはそこなのかとセシルは苦笑したが、心配してくれているのは間違いない。

ロアはというと、父に質問されてにやりと笑った。――猫なのに。

『気負う必要はない。聖獣が空を駆ける振動が大気を震わせ恵みを与えるのと同様に、神子もまたその存在をもってして自然と世の助けになるのだ』

「逆にすごく難しいんですけど……」

セシルは前世から婉曲な表現が苦手なのだ。

そのため、ロアの言葉をどう理解すればいいのか、家族にどう伝えればいいのかわからず困惑した。

『すでにセシルは世のために神子の力をもってして救っておるだろう。我もまた救われたのだから』

「それは……何となくわかる……けど、神子の力？」

『そなたが昨日、聖樹を救ってくれたのも神子の力ぞ。だがそれも、そなたが努力したからこそ得た力であり、神子というだけで叶《かな》えられる力でもない』

「そうなんだ……」

いきなり神子だと言われても戸惑うばかりだったセシルだが、努力したからこそだと言われると嬉しかった。

もともとは虫が嫌いで始めた魔法の練習だったが、成長するにつれてみんなの役に立ちたいという気持ちが大きくなり、さらに努力を重ねたのだ。

家族や領民たちが喜んでくれたのは嬉しかったが、ここ最近の王太子たちのセシルの魔法を軽視する態度に知らず傷ついていたらしい。

セシルはロアに改めて認められたことが嬉しかった。

「あのね、私の魔法が神子の力なんだって。それで私が神子だって、ロアが言ってる」

かなり省いた説明だが、両親も弟たちも驚いた様子はなかった。

それどころか、当然のように頷く。

「セシルの魔法は特別だからな」

「ええ、そうね。おかげで伯爵領が救われたもの。それどころか、今度はこの村を助けてくれているわ」

「タチハイモ、おいしーもんね」

「ロアも姉さまに助けられたんですから」

みんなが口々に褒めるので——アルは微妙に違うが——セシルはどう反応すればいいのかわ

からなかった。

そもそも一連の流れをセシル以外のみんなは普通に受け入れている。

ひょっとして、神子というのはそれほどに珍しいものでもないのかもしれない。

前世の常識があるばかりに特別だと自分は勘違いしてしまったのだろうと思い、セシルは恥ずかしくなって話題をひとまず変えた。

「ところで、ロアはどうしてあそこにいたの？　この怪我も矢で射られたんだよね？　まさか悪い人間があそこに来たの？」

ロアの怪我は明らかに矢傷だった。

セシルが見つけた時にはすでに矢尻はなかったが、無理に抜いたせいで余計に傷が酷くなったのだろう。

『いや……我が地上の森で散歩している時に、すっかり油断してしまっていて人間に射られたのだ』

「え⁉　森で射られたの⁉」

「なんと！　森で白い生き物に射かけるなどと愚かなことをする者がいるとは！」

ロアの説明に、セシルは驚愕《きょうがく》した。

セシルの言葉からロアとの会話を推察したらしい父が驚きと怒りを吐き出したように、聖なる森でなくても『森』で白い生き物を傷つけることは禁忌なのだ。

万が一にも神の使徒だった場合、災いに見舞われるとされている。

それはこの世界の常識で、母も悲痛な表情でロアを見つめながら嘆いた。

「ええ、本当に酷い。白鹿様ではなくても、神様の御遣いかもしれないのに、こんな非道なことをする人がいるなんて……」

「そうよね。まさか、ウサギと間違えたのかな？　猫なのに」

『あ、いや――』

「ロアは猫なのに災難だったね」

「ねこかわいいのにねえ」

『……そうだな』

母の言葉に皆が大きく頷き、セシルはロアを優しく労わるように撫《な》でた。

「それで、ロアは聖獣様の遣いなの？　だから、あそこまで逃げてきたの？」

『いや、まあ、そうだ……』

「そうだったんだ！　え、でも聖獣様は？　助けてくれなかったの？」

『ガロア……様は、留守で……』

「そうか、そうだよね。じゃないと、あんなに聖樹が病気になって放っておくわけないものね。……ってことは、聖獣様がお留守だから、作物の実りがよくないってこと⁉」

ここ最近の世界的な不作の原因がわかって、セシルは思わず大きな声を出してしまった。

その声に驚いたのか、ロアの耳としっぽがピンとする。

「あ、ごめんね。驚かせちゃったね、ロア」

『いや、大丈夫だが……』

驚かせたことを謝罪すると、ロアは平気だというようにしっぽをふりふりと振った。

だが、セシルの言葉を聞いていた両親は顔色を悪くしている。

「セシルの言葉が真実だとすると、大変な事態だな……」

「ええ、まさか聖獣様がお留守だなんて……。ひょっとして神様の許へいらっしゃって、この地には戻っていらっしゃらないなんてことはないわよね？」

「どうだろう……」

不安を吐露する両親の言葉を聞いて、セシルは改めて事の重大さに気づいた。

もう少し耐えれば、きっとまた実りに恵まれ、世界は安定するだろうと呑気に考えていたのだ。

「姉さま、聖獣さまはお戻りにならないんですか？」

「せいじゅうさま、おうちにかえっちゃったの？」

大人たちの深刻な様子に、エルとアルも泣き出しそうになっている。

セシルは慌てて笑顔を浮かべ、ふたりを宥《なだ》めた。

「心配しなくても大丈夫よ。聖獣様はちょっと里心がついたっていうか、神様に会いたくなってお家に戻っただけだから。もうすぐこの地に帰ってくるってロアも言っているわ。ねえ、ロア？」

『う、うむ』

少々強引だったが、ロアも肯定したのでセシルはよしとした。

なぜ留守にしているのかはわからないが、この世界を創造したとされる神様に本当に会いに行っているのかもしれない。

歴史を紐《ひも》解けば、実際何度か作物の不作が続いたとの伝承もあるのだ。

そのことは妃教育で教わったのだが、原因については究明されていなかった。

（そこが一番大切なのに……）

妃教育をもっと真剣に受けていれば、その点について質問しただろう。

そうすれば、現状を打破する解決策が見つかったかもしれないのにと、セシルは後悔した。

しかし、いつまでもくよくよするタイプではない。

「わかった。じゃあ、聖獣様が戻っていらっしゃるまで、私も頑張るわ！」

『私、も……？』

「だって、他にも神子はいるんでしょう？　伝説だと『聖獣様の力が及ばない時に神子を遣わしてくださる』ってあるんだから、私ひとりで聖獣様のお力は補えないもの。聖獣様がお留守にされている間、代わりに神子のひとりとして、この世界に実りをもたらすようにちょっと特別な力——強力な防御魔法を使えるようになったんだよね？」

「なるほど。セシルは小さい頃から努力していたから、聖獣様に選ばれたのかもな。きっとセシルならできるよ」

「そうね。セシルの防御魔法は本当にすごいものね」

セシルが力強く決意表明すると、両親も納得して応援してくれる。

今までも、いつも両親は否定せず後押ししてくれたのだ。

セシルがやる気に満ちていると、ロアがぼそりと呟く。

『……セシルのそれは、防御魔法ではなく、聖域魔法だ』

「聖域魔法？」

初めて聞く魔法の名前にセシルが首を傾《かし》げると、母親が顔を輝かせる。

「素敵な名前の魔法ね」

「私の防御魔法って、聖域魔法って言うみたい」

「せいいきまほうってかっこいいね！」

「なんだか、神子さまらしいです」

「そうか。それで一般的な防御魔法と違ったのか」

セシルの説明を聞いたアルとエル、父まで楽しそうに笑って言う。

そんな鷹揚《おうよう》な皆を見て、ロアは呆れたようにため息を吐いた。——猫なのに。

『そなたの家族は呑気だな』

「素敵でしょう?」

『ああ』

ロアの言葉に悪意は感じられず、セシルが胸を張って言えば素直に答えてくれる。

「ロア、改めてこれからよろしくね」

にっこり笑ったセシルは、今さらながらロアに挨拶をしたのだった。

3

ロアをセシルたちの家に連れてきて数日が過ぎると、矢傷は塞がりかなり元気になっていた。

相変わらず食事は水とネクタムだけだが、それで十分らしい。

そこで新たなネクタムを採るために、セシルはひとりで山を登っていた。——正確にはひとりと一匹だろうか。

聖園は通常の人間では入れないらしく、セシルがひとりで山に入ることを心配した両親を安心させるため、ロアも連れてきたのだ。

ロアが頼りになるのかと問われれば答えられなかったが、なぜか両親はそれならと納得してくれた。

「――ロアは、他のものを食べたいなって思わないの？」

『殺生はせぬからな』

「そっか。さすが聖獣様の遣いだね」

ロアを抱いて山を登りながら話をしていたセシルは、そこではっとして立ち止まった。

『どうした？　やはり疲れたか？』

自分が抱っこされていることを、ロアはかなり気にしている。

最初は抵抗されたのだが、セシルは怪我猫に無理はさせられないと強行したのだ。

「もし、私が神子なんだったら、お肉やお魚食べちゃダメだった？」

『もし、ではなく、間違いなくセシルは神子だが、そなたは人間なのだから、気にせず食べるがよい。キノコもな』

「……キノコは嫌い」

前世からどうしてもキノコ類は苦手で、今も食事の時に嫌々食べているのがロアにバレてしまったらしい。

残念ながら、この世界では秋ではなく春にキノコがよく採れるのだ。

昨年までは料理人や使用人たちがセシルがキノコを苦手としているのを知っていたので、調理や給仕の際にさりげなく避けてくれていた。

キノコを食べなくても他のもので栄養も食事量も足りていたからだ。

しかし、今は好き嫌いが言える状況ではないので、弟たちの手本になるためにも我慢して食べている。

ちなみにタケノコも好きではないが、幸いにしてこの世界に竹類はない。

ロアは猫らしくなく、にやりと笑ってしっぽでセシルのあごを撫でた。

「そういえば、ネクタムは本当に不老長寿の妙薬なの？」

『不老長寿？　何のことだ？』

「伝説では、そう言われているよ？」

『それは間違いだな。生き物にはすべてそれぞれの定めがあり、限りがある。簡単にそれを変えられはしない』

「そっか。じゃあ、伝説は間違いなんだね」

『ひょっとして、セシルは不老長寿になりたかったのか？』

「ううん、それはない。確かに健康でいられたらいいなとは思うけど、とりあえず今を一生懸命生きるよ」

『それはよい心がけだな』

ロアは満足したように、またセシルのあごをしっぽで撫でた。

だが、セシルにしてみれば前世の記憶があり、人は死んで終わりというわけではないことを知っている。

だから今をどう生きるかが大切だと思っていた。

「というわけで、私はみんながお腹空かせたり、争いで苦しんだりしないように、力になれるよう頑張るよ！」

『どういうわけかは知らぬが、我はセシルのために力を貸そう』

「ありがとう、ロア」

偉そうに言いながらも、ロアは怪我をしているためにセシルに抱えられている。

出会ってから迷惑しかかけていないのに素直にお礼を言うセシルを、ロアはかなり好ましく思っていた。

（こんなことなら、あの時寄り道などせず、さっさとセシルに会いに行けばよかったな……）

ロアはセシルの腕の中で、あの三年前の出来事を思い出して後悔のため息を吐いた。

三年前、ロアは——聖獣ガロアは神子の発現に気づき、会うために地上に降り立ったのだ。

極々稀《まれ》に人間の中に神子の素質を持った者は生まれることがある。しかし、ほとんどが強すぎる力を己や周囲の欲のために使い、衆生のために力を与えることもなく、やがて枯れ果て萎《しお》れてしまう。

本来ならさらに花開かせる力を持っているのに、大きな欲にまみれて腐り落ちてしまうのだ。

そのため、神子として力を発現させた者が現れたのもあまりに久方ぶりで、ガロアの気分は高揚し、緊張もしていたのだろう。

ガロアの記憶にある先代の神子は、周囲に祀《まつ》り上げられたがために、次第に堕落して力をなくしてしまった。

聖獣が現れ神子だと認めてしまえばまた己を見失い、力まで失ってしまうのではないか。

そんな恐れを認めたくなくて、せっかくだからと、近くで一番大きな〝聖なる森〟の様子を見るために、白鹿の姿に変えて森を歩いて巡回していた。

動物たちは小さくか弱きものから大きく獰猛《どうもう》なものまで、皆がガロアに敬意を表し道を譲る。

それがまさか、人間に矢を射かけられるとは思ってもおらず、油断していたガロアは矢を避けることもできずに怪我を負ってしまったのだ。

（どうにか逃げ出し聖園へと戻ったはいいが、その時にはネクタムを食べる気力もなくしてしまったのだから、愚かとしか言いようがないな……）

長い年月の中で、ガロアは何度か失敗をしたことがある。

うっかり寝過ごし、世界に恵みを与え損ねたり、遊びがすぎて己で怪我をし、血を流してしまったり。

人間は神を信じているが、ガロアはその存在を知らない。

セシルに告げたように、ただ自分の定めを生きているだけだった。

（まあ、その定めが人間から見れば〝神〟と思わせるのかもしれないが……）

ガロアは生命の息吹そのものだ。

大地に生命を吹き込めば大きく地は揺れ、雲に生命を吹き込めば稲妻を走らせ雨を降らせる。

さらには生気に満ち溢《あふ》れたガロアの血は、魔を呼び寄せてしまう。

そのため、三年前に怪我をし倒れてしまった時には聖園の結界までもが破れ、聖樹は病魔に侵され、ネクタムは魔虫に食われてしまった。

このまま力尽きてしまう——世界が終わりを迎えると薄れる意識で悲嘆していた時、セシルが助けに現れたのだ。

『……セシル』

「なあに？」

『ネクタムに不老長寿の効果はないが、万病の薬効はあるぞ』

「そうなの？　それはすごいね」

ロアが秘密を打ち明ければ、セシルは大した驚きもなく答えた。

だが、再び立ち止まってロアを見下ろす。

「それじゃ、ネクタムのおかげでロアの傷はこんなに早く治っているってこと？」

『そうだな。もう少し食べれば、体力も回復する』

「だったら、もっと早く食べさせてあげればよかったね。ごめんね、気づかなくて」

『セシルが謝る必要はない。それどころか、我はセシルに多大な恩がある。見つけてくれて感謝している』

「いや、それは……あ、もう着くよ」

セシルはロアや家族、他の人たちのことは気遣い大切にするのに、自分のことになると遠慮ばかりして後回しにしている。

両親もそれを心配しているようだが、本人に自覚はない。

本来なら威張り散らしてもいいほどの偉業も、神子であることも、セシルにとっては特別ではないのだ。

『もっと欲を出してもよいのだがな』

「何か言った？」

『いや、何でもない』

「そう？」

ぼそりと呟いた言葉はセシルに聞こえなかったようで、ロアもあえて言い直しはしなかった。

そうしてロアは――聖獣ガロアは、この世に存在してから初めて、人間に抱えられて聖園に足を踏み入れたのだった。

4

二度目に立ち入った聖園は、初めての時と違ってかなり清浄な空気が流れていた。

変わらないのは甘い芳醇《ほうじゅん》な香りだけ。

地に腐り落ちていた果実は消え、病に侵され朽ちていくのを待っているような聖樹も、今は綺麗に葉を落として力を蓄えているのがわかる。

『もう少しすればまた花が咲く』

「え？　早くない⁉」

『ここは外界とは時の流れが違うからな』

「それなら、ロアがお腹を空かせることはないってことだね」

前回来た時に病にも虫にも侵されずに唯一残っていた健康な聖樹から実を摘みながら、セシルはロアの言葉にほっと安堵の息を吐いた。

考えてみれば、目の前の聖樹は瑞々しい果実を実らせ、葉も青々と茂っているのに、他の聖樹が休眠状態に入っているのはおかしい。

この園が時の流れが違うというより、聖樹それぞれも違うのだろう。

「……剪定《せんてい》はしなくてもいいの？」

前世なら落葉したら次の季節に新しい果実を実らせるために剪定をしなければならなかった。

また春には蕾《つぼみ》を間引く摘蕾作業が必要になり、続いて実を甘く大きく育てるために摘果作業も必要になる。

その後は害虫から実を守るために袋掛け作業もいるのだが、聖園を見渡しても人の手が入った気配はない。

『本来、これらは手間をかけなくとも、美しい花を咲かせ、聖果と呼ばれるにふさわしい実を成す』

「そうなの？　それはすごいねえ」

前世の桃栽培の苦労を知っているセシルは、ロアの説明に感嘆し、ちょっと羨ましく思った。

（聖獣様パワーかな？　魔法もだけど、本当に便利だよね。でも完璧ではないんだ……）

前回来た時には、この園は朽ち果てようとしていた。

それはおそらくロアが心ない人間に矢で射られて怪我をしたせいだろう。

そのことを怒り、聖獣様はこの地を離れてしまったのかもしれない。

そう考えたセシルは、ちょっとだけ腹を立てた。

「聖獣様には恵みをもたらしてくださって感謝しているけど、怪我をしたロアを放置したままにするのは酷いと思う。いくらネクタムがあるからって、実際ロアは食べられないほど衰弱していたんでしょう？」

『まあ……そうだな』

「じゃあ、聖獣様が戻っていらしたら、文句言ってもいいと思うよ。どれだけ大変だったか、私も一緒に文句言うね。危うくロアは死んじゃうところだったんだから」

『……すまぬ』

「ロアが謝ることじゃないよ。――はい、どうぞ」

『す……ありがとう』

ロアは「すまぬ」と口にしかけて言い直すと、セシルが器用に皮を剥いて刻んだ桃を食べた。

その隣に座ったセシルは、のんびりしながら懐かしい思いで聖園を見ていた。

前世では農作業の合間に、こうして桃畑に腰を下ろして家族で休んだものだ。

あの頃は何てことのない日常だったが、大切な時間だったのだと感じる。

だが、今のセシルにはこの世界でも大切な人たちがいるのだ。

セシルはネクタムを食べるロアを見下ろして微笑んだ。

「……私ね、本当は隣の国のスレイリー王国で暮らしていたんだけど、ちょっと問題が起きて、家族みんなでこの国に引っ越してきたの。お父様はけっこう責任ある立場だったから、残してきた人たちが心配ではあるんだけど、ロアの言う『聖域魔法』を施してきたから、しばらくは大丈夫だと思う。だから、この新しい土地に来ることができてよかった」

『そうなのか？』

「うん。だって、ここは私たちが住んでいた場所と植生が違っていろいろな発見があるし、この村の人たちのために役に立つことができたの。今はね、油について考えていて、この村の特産になればいいなって思ってる。それに何より、ロアに出会えたから」

転生したと気づいた時には魔法のある世界で伯爵令嬢という立場にわくわくしたが、今はそうでもない。

特権がある分、責任は重く、王太子と婚約してからはさらに様々なしがらみに縛られ、身動きが取れなくなっていた。

それに比べて今は自由で、生まれながらの貴族である両親も楽しそうに暮らしている。

（まあ、不便はほとんどないけど、前世の記憶がある分、娯楽は恋しいかな……）

マンガやゲーム、動画配信などが見られないのは残念である。

でもそれだけだ。

今の生活で退屈だと思う暇はない。

何より、ロアと出会ってから、日々癒やされているのだ。

「もふもふがここまで最強とは……」

『もふもふ……？』

思わず呟いたセシルの言葉に、ロアは意味がわからないといったように首を傾げた。

その姿は最高に可愛い。

「ロアのことだよー！　怪我してるのを見つけた時にはどうなることかと心配したけど、元気になってよかった！　ネクタムがあって本当によかったよー！」

先ほどまで抱っこしていたのもあって、セシルはネクタムを食べ終わったロアを抱き上げぎゅっとした。

『にゃっ、セ、セシル！』

驚きの声をあげるロアがさらに可愛い。

それでもロアは抵抗することなく、セシルはそのもふもふの体に顔をうずめた。

『何をしているのだ？』

「……充電」

『じゅうでん？』

この世界には電気がないので、『充電』という言葉はないようだ。

似たような言葉にもどうやら翻訳されなかったらしい。

いつもは何気なく話しているつもりだが、やはり前世とは言葉が違うのだなと思うとおかしくなって、セシルは笑った。

『くすぐったいぞ』

「ごめんね。ありがとう」

ついにロアに苦情を言われたことで、セシルは顔を上げた。

何だか気持ちがすっきりしている。

セシルは意識せず、婚約破棄と追放騒動からずっと、気を張っていたことに気づいた。

『……また〝じゅうでん〟とやらをしてもよいぞ』

そんなセシルを見て、ロアが何てことないように言う。

両親や弟の前で弱音を見せるわけにはいかないと、今まで頑張ってきたセシルのことを理解してくれているらしい。

それでも照れているのか、ロアは視線を合わせず、しっぽは落ち着かなげにぱたぱた揺れている。

「ありがとう、ロア。じゃあ、またお願いするね」

『うむ』

ロアの態度は変わらないが、先ほど以上にしっぽはぺしぺし揺れており、セシルは笑った。

なぜ笑うのかわからないと言いたげに、ロアはようやくセシルを見る。

「そろそろ帰ろうか。ネクタムは何個いる？」

セシルはロアを一撫でするると立ち上がった。

前回よりも大きな袋を肩から下げてきているので、十個くらいなら持って帰れる。

唯一実をつけている聖樹を見ながらセシルが問うと、ロアは考えるように首をわずかに傾げた。

『五つもあればもう十分だ』

「五つ？　防御魔法──じゃなかった、聖域魔法？で保護すれば、保存もできるし、もっと持って帰れるよ？　しっかり食べて怪我を治した方がよくない？」

『ありがたい申し出だが、怪我はすでに完治した。よって我は一年にひとつ食せば十分なのだ』

「本当に？」

『ああ』

ロアの言葉に驚き、セシルはじっと見つめた。

その視線に気づいて、ロアは四本足で立ち上がると、その場でくるりと宙返りし、さらには聖樹へと素早く登る。

『この通り、体はもう何ともない』

「よかった……」

元気そうに動くロアを見て、セシルはようやく安堵した。

心ない人間のせいで、ロアはあんなに痛くて苦しい思いをしたのだ。

その人間のことを思うと腹が立つが、ほっとしたらもうひとつ気になった。

「一年にひとつ？　ネクタムしか食べないのに？」

『ああ。本来ならそれくらいでよいのだ。ただ今回は傷を治すためにいくつか食したが、それももう必要ない。この園もセシルが聖域魔法で魔を追い出してくれたおかげで浄化され、ここで過ごしたことでさらに英気を養うことができた。だから、聖果五つというのはひとまずの礼だ。セシルが持ち帰り、好きにすればよい』

「そんな！　それはもらいすぎだよ。だって、そもそもロアが怪我をしたのだって、人間のせいなんだから」

『人間といっても、それはセシルではないだろう？　いい人間もいれば、悪い人間もいる。それくらいは我も知っているぞ』

「……そうだね。うん。それじゃあ、ありがとう」

当たり前のことをロアから言われて、セシルは返す言葉もなかった。

好意は素直に受け取るべきだとの母の教えも思い出し、ロアが器用に採取したネクタムを受け取る。

『もちろん、これからもセシルはこの園に来て、ネクタムを好きに採ってもかまわないからな』

「それはダメだよ。聖獣様だって、さすがに許してくれないよ」

受け取ったネクタムを聖域魔法で保護して袋に入れ終えたところで、ロアがさらに言う。

だが、セシルは首を横に振って断った。

万能の薬効がある伝説の果実など、本来なら気軽にもらってはいけないのだ。

『本当にセシルには欲がないな』

「欲とかの問題じゃないよ。ネクタムが本当に存在するって知られたら、戦争が起こっちゃうからね」

『そういえば……過去にあったな、そんなことが』

「ほら、やっぱり！　って、大変なことなんだからね。お父様たちにも……エルとアルにもしっかり口止めしておかないと」

ロアが過去を思い出して言う内容は、妃教育で受けた歴史の中の戦争のどれかだろう。

セシルは軽く身震いして、改めて袋を持ち直して呟いた。

（やっぱり受け取るんじゃなかったかな……。でも、もしロアの怪我が完治してなかったりしたら困るし……）

とんでもないものをもらってしまったと、セシルはちょっと後悔してため息を吐いたのだった。

第四章　新しい食料の普及と試作

1

セシルがロアと聖園から戻ってしばらくした頃。

借家の軒下でセシルは種芋にしていたタチハイモから伸びた蔓を切る作業をしていた。

この蔓をさし苗にして、通気性と水はけをよくするために作った畝に斜め植えすればいいはずだ。

植え付けの時期はひと月くらいはずらせるので、収穫時期もずらせる。

しかもタチハイモ――サツマイモは植え付けと収穫以外にはそれほどの手間はかからないので、他の作物と並行して栽培することが可能だった。

問題は菜種油で、もう少し簡単にできるかと思っていたセシルは、その大変さを痛感していた。

（炒り加減が大切だって言ってたもんね……）

この村にやってきた頃、近隣の野山に菜の花が自生しているのを見つけて、セシルは魔法でできる限り種を収集していた。

必要なものを手元に引き寄せる魔法は、妃教育の一環として行われた魔法実技の演習のおかげである。

最近はこの世界の歴史や地理の必要性も痛感しており、あの苦痛だった婚約も無駄ではなかったのだと思うようになっていた。

（やっぱり知識は大切だもんね）

前世ではいい大学、いい会社に進むための勉強でしかなかったが、今になって学べることの贅沢さを知った。

そこで最近のセシルはこの村でも教育をと考えているのだが、なかなか難しい。

（そもそも、この村や周辺で暮らすには、今のところ文字を読める必要はないんだよね。それに紙もインクもまだまだ貴重だし……）

必要ないからといって勉強しない理由にはならないが、何事にも順序というものがある。

先ほども考えたように知識は力となる。

そのために、まずは村の人たちに計算を教えることにした。

簡単な足し算引き算は生活の中で必要なためにできるようだが、掛け算割り算についてはかなり難しいようだった。

そこでセシルは『ぼったくり商人に騙されないための計算教室』というのを三日に一度の頻度で開き、両親やエルに手伝ってもらって村の人たちに計算を教えていた。

とっかかりは騙されないために必要な計算教室でも、いつかは文字の読み書きを教えられたらいいなと考えている。

それからこの小さな村に学校を開き、小さくても図書館を開館できれば、村の発展にもつながるだろう。

いろいろな問題は山積みではあるが、セシルと愛する家族を優しく迎えてくれたこの村に恩返しがしたかった。

（村や周辺の教育水準の底上げは長期的な計画で考えるとして、問題はエルとアルだよねえ……）

やはりエルとアルにはもっと高等教育を受けさせてあげたい。

父や母、セシルが教えるだけでは、どうしても限界があるのだ。

そのことは両親も憂慮しており、時期を見て街へ出ることも考えていた。

どうやらこのリーステッド王国には、スレイリー王国と違って貴賤《きせん》を問わず入学できる学園があるらしい。

もちろん試験に合格しなければならないが、寮もあると父が言っていた。

そこへエルやアルを入学させるためにも、まずはお金が必要である。

この村で暮らしていくには金銭はほとんど必要としないが、やはり弟たちの将来を考えると、どうにかお金を稼ぎたかった。

（お父様もお母様も、私が心配することじゃないって言うけど……）

屋敷を出る時に持ち出したドレスに縫い付けられた宝石類を換金しても、ふたり分の学費になるかはわからない。

そのため、セシルは庶民には贅沢品と言われる油を精製したかったのだ。

村の特産品にできて、さらにお金が手に入るなら学校開設の助けにもなる。そう考えたのだが甘かった。

（あれだけの菜種から抽出できたのも、ほんの少しだし……。商品にするには圧倒的に足りなさすぎる）

炒った菜種をふるいにかけてゴミを取り除き、砕いてから蒸し、湯気を飛ばしてから圧搾するまで、蒸す以外は魔法でできたからよかったものの、かなり手間がかかった。

そこから濾過《ろか》して菜種油の完成となるわけだが、濾過するにも一苦労だったのだ。

前世ならコーヒーフィルターなど、濾過紙にいくらでも代替品はあったが、やはり紙は貴重品である。

結局、綺麗に洗った粗布を使ったが、純度はもうひとつで、味も苦味があった。

（隣のおじさんは簡単にしているように見えたんだけど、やっぱり職人の技だったんだよね……）

前世での隣人は田植え前に菜の花を育て、菜種油を精製して商売をしていたのだ。

セシルはその小さな精製場で体験させてもらったこともある。

その時は上手くできたと思っていたが、あれもおじさんがさりげなく手伝ってくれていたからだろう。

いっそのこと製紙工場を作るかとも考えたが、素人が簡単に手を出していいものではない。

この長閑な村が一変してしまう。

「そんなに簡単にはいかないか……」

『何のことだ？』

思わず呟いたセシルの声に反応して、隣で伏せて寝ていたロアが問いかけた。

セシルは蔓を置くと、ロアを撫でながらゆっくり考える。

「上手く言えないんだけど……もっと自分はできるって驕《おご》っていたみたい。他の人より強力な防御魔法が使えて、知識もあって、ロアには神子だって言われて……信じられないって思いながらも、どこかで特別な自分が嬉しかったの」

『そうか』

「でもね、なんて言うか……こう、前世の知識でチート！みたいなことは魔法が使えても難しくて」

『うん？』

「もっとみんなが豊かになれればって思っても、本当にできるのか不安だし、タチハイモは美味しいけど華やかさがないなって思ってる自分が嫌だし、菜種油も思ったように上手くできなくて失敗だし、無心に作業してるつもりがお金儲《もう》けのこと考えてるし、こうして愚痴っているのも嫌だし」

『ふむ』

「一方的に婚約させられて、冤罪着せられて婚約破棄されて追放されたのも腹が立ってきたし、王太子殿下も王様もタンスの角で足でもぶつければいいのにって思うし、アリーネ様の頭の上に鳥のフンが落ちればいいのにとか思って、これって呪いかな？」

『いや……』

ロアしかいないと、ついつい本音というか愚痴を吐いてしまう。

そして一度吐くと止まらないのだが、そんなセシルにロアはいつも付き合ってくれるのだ。

とはいえ、今はセシルの言葉の意味を捉えかねているようだ。

「やっぱり私が神子っていうのは間違いなんじゃないかと思ってきた……」

『いろいろ疑問点はあるが、とにかくセシルが神子であることに間違いはないぞ』

「本当に？　私、すごく嫌な子だよ？」

愚痴が徐々に弱音に変わると、ロアはセシルを慰めるようにもふもふのしっぽでぽんぽんと膝を叩《たた》く。

『それもひとつひとつ否定はできるが簡単に言えば、別に今セシルが述べたことに対して嫌な子だとは思わない。人間として当然の感情だろう。神子だからといって、常に清らかな心でなければならないなんてことはない。よくわからないが、セシルを婚約破棄した王太子とやらは愚か者でしかないし、今後出かけるたびに雨に降られろとは我も思う』

「それは地味どころか、かなり嫌だね」

セシルがふふっと笑うと、ロアも楽しそうにしっぽを揺らす。

ロアなら願いでも呪いでもなく、本当に雨を降らせることはできるのだが、それは言わなかった。

『我はそれなりに長く生きているからわかるが、人間がよく言う〝先人の知恵〟も、失敗が繰り返されてこそ生まれたものだぞ？』

「そっか……。そうだよね。試行錯誤したからこその結果があるんだもんね。結果だけ見てると簡単に思えるけど。ありがとう、ロア」

にっこり笑うセシルを見たロアは満足して、寝る体勢に戻った。

セシルは自分で言う嫌なところよりも、素晴らしいところの方が多い。

素直なところもそのひとつだ。

それはまた次の機会に伝えようと思い、ロアは作業を再開したセシルの隣で目を閉じた。

2

いくつものタチハイモの蔓を束にして、他の村へと出かけるマシューさんたちにセシルは聖域魔法をかけた。

少し遠くの村まで数日かけていくので、道中危険がないとも限らない。

だが、タチハイモはまだこの村の近辺でしか確認されておらず、ここ数年の不作による食料不足解消のために、村の人たちは他の地域でも広めることにしたのだ。

蔓を植えた後の育て方は口頭での説明でしかないが、そこまで複雑ではないので、発育のよし悪しはあっても食べられないほど失敗することはないだろう。

「セシル様、ありがとうございます。これで道中安心です」

「ええ、本当に。最近は街道にも魔獣が出るようになったそうですからね」

「領主様もこんな辺鄙《へんぴ》な場所までは討伐隊も寄越してくださらないんで仕方ないですけどね」

リーステッド王国はスレイリー王国をはじめとした近隣諸国と友好な関係を結んでいるため、国境に兵を配置している箇所は少ないのだ。

そのため、セシルたち一家は難なく国境を越えることができたのだが、魔獣が頻出している今は討伐のための兵士を必要としていた。

しかし、討伐隊は人口の多い場所に優先的に派遣される。

「魔獣に遭遇しないのが一番ですが、ひとまず防御魔法をかけておきましたので、襲われても弾いてくれるはずです。とはいえ、まずは逃げてくださいね」

「わかりました。ありがとうございます」

「セシル様、私たちからもお礼を言わせてください。旦那を安心して送り出せるのも、セシル様のおかげですから」

「そもそもタチハイモだって、セシル様やジョージ様のおかげですから」

「ありがとうございます！」

セシルがマシューさんたちに見送りの言葉をかけていると、彼の妻からお礼を言われてしまった。

すると、それは広がって、見送りに集まった人たちからも賞賛とお礼の声があがる。

父親のジョージや母親はニコニコしており、セシルも照れながらも笑って応えた。

「いってらっしゃい。気をつけて！」

皆に見送られてマシューさんたちが発つと、ロアがやってきてするりとセシルの足に体を寄せた。

『皆には言わぬのか？』

「うーん……まだいいかなって。ここの人たちはみんなお人好しだから、自分たちより他の地域を優先させてしまうと思うの」

『確かにな』

セシルが神子だというのはまだ家族だけの秘密で、ロアも普通の猫だと思われている。

村の人たちに秘密にしているのは、人の好すぎる村の人たちにこれ以上の気を遣われたくないからだ。

『今回のことも、わざわざ危険を冒してまで他の地域を助けようというのだから、この村の者たちはセシルの言う通り善人ばかりだ』

魔獣が頻出しているのなら、本当はもっと神子として世界を救うためになど働くべきなのかもしれないが、もう少しこの村のために役に立ちたかった。

それは家族も同じ考えで、ロアもまた特に気負う必要もないと言ってくれている。

『それにしたって、金をとるつもりもないのだろう？』

「もとはタダだからね。何事も助け合いだって、素敵なことだよね」

そう言いながらセシルは内心で苦笑した。

どうしたらお金を稼げるか、この村を豊かにできるかなどと考えていた自分が恥ずかしい。

村の人たちは自分たちだけが豊かになるよりも、困っている人たちを助けることを優先しているのだ。

そんな人たちだからこそ、セシルもまた力になりたいと思えた。

そのため、セシルの秘密が漏れたとしても、マシューさんたちを守るために念入りに聖域魔法を施したのだ。

この国の現国王は賢君と名高く、国政も安定しており、この災難にもできる限り柔軟に対応しているようだが、やはり国の隅々まで援助を行き渡らせるのは難しいらしい。

どうしても後回しになってしまうのかもしれない。

それでも村の人たちは文句ひとつ言わず、近隣地域と助け合っている。

（そういえば、マクシム殿下はこの国の国王陛下を馬鹿にしていたっけ……）

民を甘やかしているだけで、君主ならもっと収穫量を上げさせるべきなのに、人気取りなどして軟弱な王なのだ、と。

周囲の者は同調していたが、あれは単に賢君と呼ばれていることへの嫉妬だろう。

（伯爵領の人たちは大丈夫かな……）

元婚約者である王太子のことを思い出したセシルは、伯爵領のことを思い出して心配になった。

そろそろ麦の収穫期である。

『セシル、心配事か？』

「あ……うん。魔獣が出ないといいなと思って」

『……そうか』

国外追放されてしまったセシルたちは、様子を見に帰ることも許されないのだ。

それならこの国からできることをすれば、隣の国といえど助けになるかもしれない。

そう考えて、セシルは気合を入れ直した。

「よし！　『麦がないなら芋を食べればいいじゃない』作戦で頑張るぞ！」

『何だそれは……』

訝《いぶか》るロアににっこり笑って、セシルはタチハイモの蔓を植えた畑へと向かった。

この村にはタチハイモや麦畑だけでなく、魔獣対策のために全体にこっそり聖域魔法を施している。

あとは作物が美味しく実るために地道な作業が必要なのだ。

そして願うはお天気である。

「せめてお天気だけは、ほどよく晴れて、ほどよく雨が降ってくれればいいんだけどねえ」

『それは……きっと大丈夫だ』

「そうかな？　聖獣様の遣いであるロアがそう言ってくれるなら、心強いね」

『…………』

ロアは正体を明かす機会を逃してしまったまま、今は〝聖獣様の遣い〟という名のただの猫として過ごしてしまっている。

そのことを申し訳なく思いながらも、もう少しだけセシルたちとの時間を楽しみたかった。

それにまだ本当は完全復活とはいかず、恵みを与えることができそうにない。

（聖獣といえど、万能ではないのだな）

ロアは自分の力が及ばないことがあるのだと初めて知った。

また、セシルだけでなく、人間たちと暮らす日々を楽しんでもいる。

タチハイモ畑で作業を始めたセシルとその家族を、ロアは畦《あぜ》に座って機嫌よく眺めていた。

3

村の男たちがタチハイモとその苗を持ち発ってからしばらくした頃。

セシルは借家の台所で黙々と豆のスジを取っていた。

両親はエルとアルを連れて畑へと出ている。

（お父様もお母様も……ほんの半年前までは伯爵と伯爵夫人だったのに……）

すっかりここの生活に馴染んでいることがおかしくて、セシルはくすりと笑った。

セシルも伯爵令嬢だったどころか、王太子の婚約者でもあったのだが、それをツッコむ者はいない。

セシルはふっと息を吐き、豆から視線を落としてロアが寝ているはずの場所へと目を向けた。

その瞬間、持っていた豆ごと両手で口を押さえた。

そうしなければ、声が出てしまいそうだったのだ。

ロアは譲ってもらった擦り切れたカーペットの上で、四肢を投げ出しお腹を上に向けて寝ていた。

人間で言うなら〝大の字〟、猫で言うなら〝へそ天〟である。

その油断しきった姿は、ロアがすっかりセシルに心を許していることを示していた。

（あー！　スマホ！　カメラ！　どうしてここにカメラがないの⁉　魔法があるんだから、何かこの萌《も》え姿を残す方法はないの！）

豆と土のにおいが染みついた両手を振ってあたふたするが、当然カメラなどない。

カメラの原理はフィルムに焼き付けるとかどうとか聞いたことがある。ということは、目に焼き付けるべし。とセシルはじーっとロアを見つめた。

すると今度はあのもふもふのお腹に顔をうずめたくなる。

（あーー！　ダメ！　ロアはあんなに気持ちよさそうに寝てるのに、いきなりお腹を触っちゃ……我慢！　せっかくのこの信頼を台無しにしてはダメ！）

セシルはひとり脳内で葛藤していた。

その時、足音が聞こえてきたかと思うと勢いよく扉が開いた。

途端にロアの体がびくりと跳ねて、警戒態勢に入る。

（あー、残念）

セシルは惜しみながら、ロアから駆け込んできたエルへと視線を向けた。

いつもはおとなしいエルにしては珍しく、息を切らしている。

「どうしたの、エル？」

「き、騎士がきました！　王家直属の！」

「ええ!?」

エルが焦り慌てている理由がわかって、セシルも動揺した。

スレイリー王家から追手がくるなど、国外追放ではなくさらなる厳罰――処刑されてしまう。

国王の印象はあまりないが、マクシム王太子は意地の悪い性格で、取り巻きたちもそれに追従していた。

ひょっとして考えていたような収穫が見込めず、その腹いせにセシルたちを断罪しようとしているのかもしれない。

（お父様たちには防御魔法――聖域魔法を施しているから直接的な危害は加えられないけど、村の人たちを巻き込むわけには……）

そこまで考えて、セシルは気づいた。

そもそも村にも聖域魔法は施しており、害意を持った者は動物だろうが人間だろうが入れないはずである。

「エル、騎士たちは何の用事か言っていた？」

「タチハイモの秘密を知りたいそうです！」

「タチハイモの……秘密？」

「はい。この村や近隣の村で誰も飢えることなく、この冬を越すことができたのがタチハイモだと知って、どういうことか調べにきたらしいんです！　また姉さまが連れていかれてしまいます！」

マクシム王太子と婚約したことで、王城で暮らすことになったセシルに会えず、エルはかなり寂しがっていた。

そのために今回もまた姉と離れ離れになってしまうのではないかと、狼狽しているのだ。

ただ、セシルはエルの言葉に違和感を覚えた。

マクシム王太子だけでなく、スレイリー王城の人たちが辺境の地のことを気にするだろうか、と。

噂にしても、まったく興味を示さない彼らの耳に入るには早すぎる。

「……エル、騎士というのは、このリーステッド王国の騎士なの？」

「はい、もちろんです」

あっさりエルに肯定されて、セシルは自分の勘違いを密かに恥じた。

辺境とはいえ、隣国に騎士を派遣するわけがないことなど、考えなくてもわかる。

勘違いしたことで、逆に冷静になったセシルは、この地に王家直属の騎士——近衛騎士がやってきたということに警戒した。

（まさか、タチハイモを取り上げるつもりじゃ……）

セシルの不安を察したのか、ロアがのそりと立ち上がる。

『セシル、何か問題か？』

しっぽをゆっくり揺らしながらのそりのそりと近寄ってくるロアには王者の風格がある。――猫だけど。

セシルはロアに心配をかけてしまったことで慌てた。

「ううん、大丈夫。ありがとう、ロア」

ロアに答えたセシルはエルへと向き直り、目線を合わせてゆっくり話しかける。

「ねえ、エル。タチハイモの苗はまだまだあるから、騎士様に献上すれば、国中に広めてもらえて、すごくいいことなんだよ」

「ですが……」

「心配してくれてありがとう。でも……だからこそ、エルはここでロアと一緒にいてくれるかな？　私は様子を見てくるから」

「……わかりました」

エルは年齢以上に賢く敏いため、セシルの言葉を理解して頷いた。

セシルのことは心配でも、聖域魔法が使えるため何かあっても大丈夫だろうと信頼してくれているのだ。

そして、聖獣の遣いであるロアの傍にいてほしいというセシルの願いを察してくれた。

何が目的だったのかはわからないが、誰かに――おそらくかなり腕のいい射手に矢を射られたのだから。

セシルはエルがしっかりとした教育を受けられない現状が残念でならなかった。

いっそのこと、騎士たちにタチハイモの苗と生育方法を高値で買ってもらおうかと考え、すぐに打ち消す。

（ダメダメ。タチハイモはこの村のもので、村の人たちが他の地域の人たちを助けるために無償配布するって相談して決めたんだから）

ただし、お礼として何か作物などを提供された時には素直に受け取ろうとも決めていた。

物々交換とまではいかなくても、やはりたいていの人は享受してばかりでなく、何かしらで返そうとしてくれるからだ。

そのため、この冬は例年よりずっと華やかな食卓になったと、村の人たちにセシルたち家族は感謝されたのだった。

「ロア、ここでエルと待っていてね」

『何かあれば、すぐに呼ぶのだぞ』

「わかった。ありがとう、ロア。エル、よろしくね」

ロアにどんな力があるのかはまだわからないが、きっと騎士に対処できるような力があるのだろう。

セシルはそう感じつつも、エルに頼んで家を出た。

すると、母がアルを連れて戻ってくるところだった。

「お母様？　大丈夫なのですか？」

「ええ、セシル。エルが先に伝えに戻ったでしょうけど、リーステッドの近衛騎士様たちがいらっしゃってるわ。どうやらタチハイモのことをマシューさんたちからお聞きになったみたい」

「マシューさんたちから？」

母の笑顔を見て、セシルは落ち着いた。

やって来た騎士たちは、どうやら歓迎できるようだ。

「この国の国王陛下は素晴らしい方のようね。ここ数年続く不作と魔獣頻出の原因調査のために騎士様を派遣してくださったのですって」

「でも、近衛騎士なんでしょう？」

近衛騎士はその名の通り、本来なら王の傍近くに控え護る役目の騎士で、生まれも高貴な者が多い。

その騎士が守護する王から離れ、さらには辺境の地へ派遣されるなど、彼らのプライドが許さないのではないだろうか。

それとも主人の命令は絶対であるがゆえに、王都を離れて魔獣と対峙《たいじ》するかもしれない危険を冒さざるを得なかったのだろうか。

セシルはマクシム王太子やスレイリー国王たちの近衛騎士を思い出し、不信感でいっぱいだった。

「セシル、不安に思うのも仕方ないけれど、お会いしてみればわかると思うわ。彼らがこの地域とこの国のために来てくださったと」

「この地域のためでも……いえ。それで、彼らはどこに？」

セシルは自分たちが冤罪とはいえ隣国の犯罪者であることを言おうとしてやめた。

母を疑うわけではないが、たとえ近衛騎士たちが本当にこの地域を心配しているのなら、余計に自分たちの存在はまずいのではないか。

そう思いつつもセシルは覚悟を決めた。

「村長さんのお家にいらっしゃるわ。それであなたを呼びにきたの。聖域魔法の――防御魔法のことを知りたいらしいけど、必要以上のことを言う必要はないわ」

「わかった。ありがとう、お母様」

必要以上のこと――神子だとかロアのこと、ネクタムのことは黙っておいたほうがいいのだ。

今度は母の言葉に素直に頷き、セシルは村長の家へと向かった。

第五章　近衛騎士からの依頼

1

セシルが村長の家のドアをノックしようとした時、足下にするりとロアがやってきた。

「ロア？」

『母君とアルが戻ってきたので、我は必要ないであろう』

「エルはロアを心配しているんだよ？」

『誤魔化してきたから大丈夫だ』

「……なら、いいけど」

言葉が通じないはずなのに、何をどう誤魔化したのかは謎だったが、深く追及はしなかった。

結局、ロアがどういう力を持っているのかはよくわからないままだ。

それでも、ロアが傍にいてくれると、家族とはまた違った安心感がある。

セシルはそんな自分に苦笑して、ドアをノックした。

「――ああ、セシル様。お待ちしておりました」

ドアを開けてくれたのは村長の妻で、セシルを見てほっとしたようだった。

その様子にセシルは一瞬警戒したが、どうやら近衛騎士をどうやってもてなせばいいのかわからず戸惑っているらしい。

（確かに、こんな田舎に――というのは失礼だけど、これほどの辺境の地に近衛騎士が来るなんて、普通はあり得ないもんね）

母から聞いた話が真実なら、近衛騎士たちも過度な接待は期待していないはずだ。

むしろ、遠慮するくらいだろう。

そう思って、セシルはいつも淹《い》れてくれるハーブ茶が一番美味しいからと伝えて、恐縮する村長の妻を手伝った。

近衛騎士が何人かを聞いていなかったが、村長と父といることを考えてもひとりで用意するのは大変なはずだ。

とはいえ、熟練の主婦である村長の妻は手馴れていて、セシルはお茶とカップを運ぶくらいしかすることはなかった。

「――失礼します」

ノックに応えてドアを開けてくれたのは村長で、セシルは先立ち居間へと入った。

そこで村長の妻がなぜあそこまで戸惑っていたのか理解した。

村の集会所代わりにもなっている村長の家の居間は、他の家よりもかなり広い。

それなのに、礼儀正しく立ち上がった騎士たちはたった三人にもかかわらず、その存在感は際立っていた。

（うわ……なんか、すごい……）

スレイリー王城にしばらく滞在していたセシルにとって、近衛騎士とは日常的に接する機会があった。

だから慣れていると思っていたが、目の前の三人は圧倒されそうなほどの品格と厳粛さがある。

スレイリー王国を含む周辺国とは一線を画す大国であるリーステッド王国において、賢君だと有名な国王だが、その近衛騎士である彼らを目にするだけで、噂は本当なのだと思えた。

おそらく魔力も強く、腰に佩《は》いた剣は飾りではないと伝わってくる。

そんな三人の中で一番若い騎士は、セシルから足下のロアを見て目を細めた。

どうやら猫好きのようだ。

「セシル、すまないな。先にこの方たちを紹介しよう」

父の言葉で我に返ったセシルは、お茶を載せたトレイをテーブルに置いて姿勢を正した。

スレイリー王国では元伯爵でも（犯罪者でもあるが）ここでの父はただの村人である。

それなのに、騎士たちは何も言わずとも父やセシルに敬意を払ってくれているのがわかった。

三人のうち、ラーズは二十代後半のがっしりとした体格だったが、アッシュとガイはまだ二十歳そこそこに見える。

しかし、どうやら三人の中ではアッシュがリーダー格らしいことがやり取りから伝わってきた。

（やっぱり近衛騎士ともなると、実力や経験よりも、身分が大切なのかな……）

それぞれの紹介が終わり、今は村長がこの村や作物についての説明をしている。

そこでセシルはハーブ茶を飲みながら、三人をこっそり観察していた。

すると、アッシュとばっちり目が合い、セシルは慌てて顔を逸《そ》らした。

（あー、失礼だったかな？　失礼だよね。でも、つい……）

じろじろ見ていたのも失礼だが、目を逸らしたのも失礼だろう。

もっとさりげなくできなかったのかと後悔しつつ、ちらりと見ると、再び目が合ってしまった。

驚くセシルに、アッシュは優しく微笑みかけてくる。

最初は銀髪かと思った彼の髪色は、光が当たると白金であることがわかった。

瞳の色は金色にも見える琥珀《こはく》色で、近衛騎士の制服が白いためか、まるでロアが人の姿になったのかと思える。

もちろん、そんなファンタジーなことはなく、当のロアはセシルの足元で丸くなっていた。

寝ているようにも見えるが、耳がぴんと立っていることから、人間たちの会話を聞いているらしい。

（さすがに魔法があるこの世界でも、ロアが聖獣様の遣いでも、美形に人化はしないか……）

ちょっと残念に思いつつ視線を上げると、アッシュもまたロアを見ている。

（やっぱり猫好きみたい）

猫好きに悪い人はいない。

勝手にそう思って嬉しくなりながら、セシルはアッシュから視線を逸らして村長へと目を向けた。

村長の話は村や近隣の害獣被害や収穫量から、セシルや父親のジョージの話になっている。

「――ですから、今年は安心して収穫を迎えられます。それどころか、ここ最近は魔獣被害も、目撃情報さえなくなり、安心しているんです。それもきっと、セシル様が防御魔法を施してくださり、それがいい影響を及ぼしてくださっているのでしょう」

村長がそう言うと、騎士たちはセシルを見た。

セシルは慌てて首を横に振る。

「い、いえ！　それは偶然だと思います！　確かに、防御魔法は施しましたけど、そんなに広範囲ではありませんから！」

本当は村全体に施しているのだが、それは家族しか知らない。

この村自体の大きさがメイデン伯爵領の畑の一部くらいでしかないが、これくらいの広さに防御魔法を展開できるのは、高位の魔術師くらいのようだ。

それをセシルや家族が知ったのも、ロアに教えられたからだった。

どうやらスレイリー王国でセシルの防御魔法を調べにきた王城の魔術師たちは、自分たちよりセシルの防御魔法が優れていると認められず、特別なものではないと報告したらしい。

そのことに気づかなかったと父親は後悔しつつも、同時にセシルの特別な力が王家に知られなくてよかったと安堵もしていた。

国王やマクシム王太子なら、セシルの力を利用するために、もっと酷い扱いをされたかもしれなかったからだ。

『本当に、国外追放になってよかったよ……』

ロアから話を聞いた父親がそう言えたのも、このような片田舎で暮らしていけるからこそだ。

今、このリーステッド王国の近衛騎士を前にしては呑気に言っていられない。

実際、アッシュも他の騎士ふたりも、じっとセシルを値踏みするように見ている。

お人好しの村長はセシルたち家族を、村の窮状を知って隣国からやって来てくれた親戚家族と紹介したが、騎士たちに通用するわけがなかった。

ひょっとして、セシルたちが反逆罪で国外追放されたこともすでに掴《つか》んでいるのかもしれない。

その予想は、アッシュが発言したことで確信に変わった。

「――村長さん、悪いがスレイリー王国の現状などをジョージさんたちから伺いたいので、席を外してはいただけないでしょうか？」

身分の高い近衛騎士が片田舎の村長を相手にするにはとても丁寧な話し方ではあった。

しかし、有無を言わせないような見えない圧――威厳があり、村長はすぐに頷き応えて妻とともに出ていった。

その後ろ姿を見送るセシルを庇《かば》うように、隣に座る父親がそっと腕を回す。

それどころかロアまで守るようにセシルの膝の上に飛び乗り、伏せるように座ると三人を鋭く見据えたのだった。

2

「――まず、最初にお伝えしておきますが、我々はあなたたちをどうこうしようと思ってはおりません。ですから安心してください、というのは無理でも、そこまで警戒なさる必要はありませんよ」

やはりアッシュが三人の中ではリーダーらしく、一番に口を開いた。

その言葉は優しく嘘がないように思えるが、彼らは政治の中で暮らしている人たちだ。

簡単に信用することはできない。

しかし、政治の駆け引きなら父もまた経験がある。――国家ぐるみで陥れられはしたが。

「スレイリー王国の何をお知りになりたいのか存じませんが、私は何も知らないに等しいのです。だからこそ、ここで村の人たちからのご厚意に甘えて暮らしているのですから」

その言葉に、アッシュはふっと笑った。

「おっしゃる通り、何も知らされていなかったからこそ、爵位も領地も没収されて国外追放されたのですよね？」

明かな挑発にセシルは密かに苛立《いらだ》ったが、父親の内心はわからずとも表面上は笑みを浮かべていた。

しかし、ロアはセシルの膝をしっぽでぺしぺし叩いていることから苛立っているらしい。

それが不思議とセシルの気持ちを落ち着かせてくれる。

「――貴殿のご指摘が確かだとして、私はどんな罪に問われるのでしょうか？」

「あなたが、スレイリー王国の元メイデン伯爵だとすれば、特に何もありません。むしろ歓迎するべきでしょうね」

「え？」

冷静な父親の問いに答えたアッシュの言葉に驚き、セシルは思わず声をあげてしまった。

途端に皆の視線がセシルへと向く。

「セシル殿、あなたやあなたのお父上、そしてご家族がこの村と近隣の村に与えてくれた恵みに、我々はとても感謝しています。さらに言うなら、我々は殿下とその臣下たちにも感謝しなければならないでしょうね。彼らが阿呆《あほう》でよかった、と」

「……え？」

アッシュの言葉に、今度はセシルだけでなく、父親までも驚き声を出した。

ところが、今まで黙っていた騎士ふたりのうちガイは小さく噴き出し、ラーズは困惑したように窘める。

「アッシュ、言い過ぎです」

「事実だろ？」

どうやらアッシュは歯に衣を着せぬタイプらしい。

ひょっとして、アッシュはかなり身分が高いが、この性格が災いして中央から地方へと派遣されたのかもしれないとセシルは感じた。

「まあ、とにかく。本当にあなたが故国で罪を犯していたとしても、この国で何もしていないあなたたちを今すぐ拘束するのも理不尽でしょう？　国外追放などといって我が国に大罪人を送り込んでくるスレイリー側に怒りは感じますが」

そう告げて、アッシュはお茶を飲んだ。

セシルも喉が乾き、カップを口へと運ぶ。

そんなセシルをちらりと見てから、アッシュは続けた。

「スレイリーの王太子殿下が婚約破棄したことも、メイデン伯爵が大逆の罪で国外追放されたことも報告は受けております。ただ、あまりにも杜撰《ずさん》な告発と裁きを不審に思い、我が国王陛下は調査を命じられたのです。その結果、報告を受けられた陛下は冤罪であるとご判断されました」

アッシュは何でもないことのように告げたが、その内容はかなり重い。

隣国で大罪人と裁かれた者を、この国の王は無罪だと判断したのだ。

それは隣国の決定に反するも同然であり、場合によっては戦にもなりかねない。

そもそもアッシュが先に述べたように、その大罪人を追放という名目でこのリーステッドに追いやったのだから、それを理由に戦になる可能性もあった。

「……リーステッドの国王陛下は賢君との噂は真のようですね。貴殿らのことといい、この国の民は幸せでしょう」

「そう言ってくださるのはありがたいですが、スレイリー側に舐《な》められているのは確かですね。大罪人を送り込んでも文句は言わないと思われているのですから」

安堵したような父親の言葉とは違い、アッシュの返答は不穏なものだった。

それも当然なのだが、なぜかアッシュは楽しそうにも見える。

「まあ、外交については今問題にすべきじゃない。重要なのは、あなた方が今ここにいるということですから」

　そう言ってアッシュがカップを置くと、父の腕の力が強まった。

　ロアもまた耳としっぽをピンと立てる。

「そんなに警戒しないでください。先ほども申した通り、我々はあなた方に危害を加えるつもりはありません。ここへ来たのも偶然に近いのです」

「偶然、ですか？」

「ええ。我々はこの不作続きの中、国からの支援が行き届かない地域があるのではないか、魔獣被害とともに調査を行っておりました。そこに入ってきたのがあなたたち、というよりもこの村のことで、ちょうどタチハイモという作物の苗を配り、育て方を伝えてくれている一行に出会ったのですよ。そして、防御魔法を使える『セシル様』の話を聞きました。かなり強力な防御魔法を使える……と、そこでスレイリー王国の王太子殿下の婚約破棄騒動を思い出したわけです」

　それでこの村にやって来たのだと、アッシュも他のふたりもにっこり笑う。

　今の話は先ほど母が言っていた通りで疑う要素もない。

　ただ一点、疑問に思うことを父が口にした。

「ひとつお伺いしたいが、なぜ近衛騎士のあなた方がこのような調査を？」

「それは単純に申せば、我々が暇だからです」

「……暇？」

予想外の答えにセシルと父親が目を丸くすれば、アッシュは悪戯が成功したように笑った。

ガイとラーズも笑っている。

「ええ。幸いにして我が国は不作は続けど内政は安定しており、国王陛下をはじめとした王族の方々のお命を狙う輩は表立ってはいない。もちろん護衛は必要ですが、それほど多くを必要としていないのです。平時なら王宮に詰めて鍛錬を行い、己を研鑽《けんさん》することも大切ですが、今は国の非常時といってよいでしょう。それも戦ではなく、不作によるもの。また魔獣が地方に出没しているのですから、呑気に王宮で過ごしている場合ではありません。我々が少しでも助けになれればと、地方を中心に回っているのです」

「なるほど。やはりリーステッド国王陛下はお噂通りの方ですね。とはいえ、あなた方にはおつらいのではないですか？」

父親は納得しつつも少々嫌味な質問を重ねる。

それでもアッシュは笑ったまま答えた。

「我々は国王陛下に忠誠を誓った騎士です。陛下のご命令とあらば命を捧げるのは当然のこと、肥溜《こえだ》め掃除だって行いますよ」

「その白い制服で？」

「これは宣伝ですからね」

「ああ、確かに」

父が心から納得したらしいことが、セシルには伝わってきた。

この非常時に、地方民にとって一生に一度お目にかかれるかというほどの存在である近衛騎士が、自分たちを心配して手を差し伸べてくれ、さらには魔獣を退治してくれる。

これほどありがたく崇高な存在を目にすれば、国王への忠誠は揺らぎないものになるだろう。

(搾取するだけのマクシム殿下たちとは大違いね……)

リーステッド国王が民を助けたいというのは本心で間違いない。

だが、同時にかなりのやり手でもある。

(どうやら主である国王陛下だけでなく、直属の配下になる近衛騎士たちも抜け目がないってことね)

セシルはこれからのことを察すると、父と視線を交わして次の言葉を待ったのだった。

3

「――セシル殿、どうか我々と一緒に来てほしい」

「それは――」

予想した通りの言葉をアッシュから聞き、セシルは答えようとした。

ところが、予想外にロアがセシルの膝から素早く下りると、毛を逆立てて「シャー！」と唸《うな》ってアッシュへと飛びかかった。

「ロア！」

近衛騎士相手に飛びかかるなど、一歩間違えれば切り捨てられてしまう。

魔法だって近衛騎士なら使えるはずだ。

慌てて立ち上がったセシルだったが、瞬く間にロアはアッシュに捕まっていた。

比喩ではなく、本当に瞬きをしてまぶたを上げた時にはもう、座っていたアッシュは立ち上がってロアの両脇を掴んでいたのだ。

ロアは後ろ足をぶらんとしたまま呆然としている。

どうやらロア自身も何が何だかわからないらしい。

『は、放せ！　我に触れるな！』

我に返ったらしいロアが後ろ足で蹴り上げ抵抗するが、アッシュは器用にかわしてにっこり笑う。

「私も猫を飼っているんですよ。今は留守番させているため会えないので我慢していますが、こうして他の猫に接すると恋しくなりますね」

暴れるロアとは対照的に和やかに言いながら、アッシュはセシルへと近づいた。

そして両脇を抱えたままのロアを差し出す。

思わず受け取ると、ロアは途端におとなしくなった。

『あいつは嫌いだ』

ロアは嫌悪というよりも、拗《す》ねているといった様子である。

「す、すみません。……ロア、大丈夫だから」

『だが、あいつはそなたを利用しようとしているのだぞ！』

他の人にはおそらくまだロアが「シャー」と唸っているように聞こえているだろう。

セシルはロアを宥めるようにゆっくり撫でながら、アッシュへ謝罪した。

ふたりの近衛騎士はアッシュが襲われたというのに動じもせずにお茶を飲んでいる。

一連の出来事に父親のジョージは呆然としていたが、はっとして頭を下げた。

「申し訳ありません。この猫はとても賢く、またセシルに懐いているものですから、おそらく場の雰囲気から何かを察し、セシルを守ろうとしたのでしょう」

「申し訳ありませんでした」

『なぜセシルたちが謝るのだ！　悪いのはあやつだろう⁉』

今のは完全にロアが悪い。

そうツッコミたいところだったが、騎士たちの前でそれはできずにセシルは堪えた。

とはいえ、ここまでロアが怒るのは珍しい。

（まさか、ロアを矢で射たのは、この国の近衛騎士なのかも……）

わざとではなくとも、魔獣討伐を目的とした近衛騎士が間違えて矢を射ってしまったのかもしれない。

その可能性をセシルが考えていると、アッシュは朗らかに答えた。

「いえいえ。先ほども申しましたが、私も猫を飼っているので、謝罪の必要はありませんよ。猫が気まぐれで言うことを聞かないのも当たり前ですから。むしろ、我々の方が従わされているような気分になりますよね？」

「えっと……はい。そうですね」

前世で猫を飼っていた時には、正に人間が下僕といった気分ではあった。

だが、この世界でそのように言う人は珍しく、セシルは返事にちょっとためらってしまった。

やはりアッシュは猫好きで間違いない。

セシルがそう確信していると、ガイが初めて発言した。

「セシル殿、ジョージ殿もお気になさらないでください。アッシュは猫に嫌われてしまうので、威嚇されるのも攻撃されるのもいつものことなのです」

「え……。で、ですが、猫を飼っていらっしゃると……」

「はい。飼ってはいますが、嫌われております」

「ついでにお伝えいたしますと、猫だけではなく、動物全般に嫌われております」

「ええ……」

衝撃の事実にセシルも父親も驚いていると、ラーズまでもが加わって、さらに驚くべき事実を告げた。

アッシュは否定することなく、ニコニコしている。

「私は動物が大好きなのに、なぜか嫌われてしまうのです。馬にまで嫌われるので、なかなか大変なのですよ」

それはそうだろう。

騎士と馬は切っても切り離せない関係である。

ここまでどうやって旅をしてきたのか、などと考えつつ、つい先ほどまで抱いていたアッシュへのイメージがガラガラと崩れていくのを感じた。——ついでに、ガイとラーズ、この国の近衛騎士すべてに。

『セシル、我が思うに、こやつは馬鹿なのではないか？』

それは言ってはダメだとロアを嗜めることもせず、セシルは「はは」と微妙な笑いで誤魔化した。

父も今聞いた事実——馬に嫌われる騎士について、どうにかのみ込んだらしく、一度咳《せき》払いをする。

「ええっと……その、話を戻しましょうか」

かなり話が逸れてしまっているせいか、この場で一番の年長者である父親が遠慮がちに指摘した。

まったくその通りで、皆が無言で座り直す。

セシルもロアを膝に抱いて座ったが、今度は飛びかからないよう押さえるためでもあった。

アッシュはそんなセシルとロアをじっと見つめながら、再び口を開いた。

「すでに結論から申しましたように、我々はセシル殿に一緒に来てほしい。――正確には、一緒に旅をしてほしいのです」

「旅ですか？」

「はい。女性にこのようなお願いは心苦しいのですが、できる限り不自由のないように手配いたします。ですから、あなたの防御魔法を他の地域でも施していただけないでしょうか？　もちろん、報酬はお支払いします」

『セシル、断るのだ。こやつらは、セシルの力を利用しようとしているぞ』

アッシュの申し出に、セシルよりも父よりも、ロアがぷりぷり怒っている。

どうしたものかとセシルが悩んでいると、父がアッシュへ問いかけた。

「この国にも防御魔法を扱える方は他にいるはずです。それがなぜセシルなのですか？」

「確かに、貴殿のおっしゃる通り、我が国にも防御魔法を扱える者はおります。おそらくスレイリー王国よりも多く力も強い。ですが、なぜ我々がセシル殿の力を必要とするのかは、あなた方が一番ご存じなのではないでしょうか？」

質問に答えるアッシュは変わらずニコニコしていたが、その腹の内が読めない。

ロアがアッシュを警戒する理由がセシルにもようやくわかった。

（若いけど、すごく油断ならない人なんだわ……）

大国リーステッド王国の近衛騎士というだけでも優秀なのは間違いないが、アッシュは身分でその立場を得ているだけではないようだ。

他のふたりを従えさせるだけの実力があるのだろう。

だが、父親も負けていなかった。

「どういう意味でしょうか？　セシルは幼い頃からずっと、害虫被害に苦しむ領民のためにと防御魔法を高める努力を続けていたからこそ、扱いに長けているだけなのです」

「ですが、スレイリー王家はセシル殿たちの思いや努力に報いようとも理解しようともせずに搾取するだけでしたね。また魔術師たちまでもが己の自己保身のためにセシル殿の力を認めなかった。その結果、あなた方はこの国へ追いやられてしまった。その愚かさが、我々にとっては僥倖《ぎょうこう》となりました。セシル殿のこれまでの努力と、皆様方の民を思い遣るお気持ちに、我々は敬意を表します」

そう言って、アッシュは椅子から下りて片膝をつき、頭を下げた。

当然のようにガイとラーズも従い、セシルはうろたえた。

その行動は父も予想していなかったようでかすかに動揺を見せたが、ロアだけはセシルの膝の上で満足そうにしっぽを揺らしている。

「セシルの努力を認めてくださるのはありがたいが……。もう一度問います。これはいったい、どういうことでしょうか？」

どうにか気を取り直した父親が改めて質問する。

セシルは自分や家族を守ろうとしてくれている父を改めて尊敬した。

スレイリー王城での父親は、領地との往来と周囲の領主たちからの圧力で疲弊しており、王太子一派――というより、国王を含む中央政権に陥れられてしまったのだ。

それをずっと密かに悔やみ自責の念を抱いていたことを、セシルは知っていた。

だからこそ、この異国の地で何の後ろ盾もなく犯罪者の汚名を被せられていても、大きな権力を持った近衛騎士相手に引こうとしないのだろう。

これ以上父には無理をさせられないと、セシルはアッシュたちとの旅を了承しようとした。

ところが、セシルが了承の言葉を口にするより先に、アッシュが笑顔を崩さないまま、驚くべきことを口にする。

「セシル殿は伝説の〝神子〟でいらっしゃるのでしょう？」

驚きに目を見開いた父親は、言葉を失ったかのように何も言わなかった。

セシルはロアがまた飛びかからないようにと意識を向けたが、その気配はない。

しばらく続いた沈黙は、アッシュの笑い声で破られた。

「そこはすぐに否定しないとダメじゃないですか。認めたのも同然ですよ?」

「それは……私も驚いたからですよ。なあ、セシル?」

「え? あ、うん。はい」

アッシュの言葉で我に返ったらしい父が、駆け引きを心得た笑みを浮かべて答えた。

そのまま話を振られて、セシルは頷く。

「それで、なぜセシルが神子だと思われたのです?」

「伝説にある通りではないですか。『聖獣がこの世界から姿を消し、聖なる恵みが絶え、魔が跋扈《ばっこ》する時、神の御遣いが聖なる力をもってして、魔を退け恵みを守る』と」

「そのようなおとぎ話を信じておられるのですか?」

「逆に、信じていらっしゃらないのですか? 過去にも同様の事例があり、それは歴史書にも記されているというのに?」

アッシュの言葉には嘘がないように思える。

このリーステッド王国は聖獣信仰が篤いとは聞いていたが、真実のようだ。

過去の同様の事例というのは、セシルも妃教育で学んだ凶作や魔獣被害が頻発した時の話なのだろうが、スレイリー王国では聖獣に絡めてはなく、ただの事実としてしか記載されていなかった。

だからこそ、その時の打開策のようなものもなく、いつしか災害は収まり、国王主導のもとに国は復興を遂げた、とあったのだ。

「私たちも信じていないわけではないのです。ただ、いきなりセシルが神子だと言われて驚いただけで……」

自信に満ちたアッシュを前にして、ついに父親は迷いを見せはじめた。

実際、セシルは神子であり、正直者の父に嘘はつけないのだろう。

そんな父にこれ以上負担をかけたくなくて、セシルはアッシュたちに声をかけた。

「お願いですから、座ってくださいませんか？　お話ししにくいので」

セシルの言葉に従い、アッシュたち三人は椅子に座り直した。

セシルはほっと息を吐いたものの、問題が解決したわけではなく、どうするべきか悩んだ。

この半年間、また家族五人で暮らせることがどんなに幸せか、改めて実感していた。

村の人たちは親切で温かく、ちょっとした問題をみんなで試行錯誤しながら解決に導く過程でさえも楽しく思えるほどだった。

だがその一方で、魔獣被害や原因不明の不作に苦しんでいる人たちもいる。

セシルは俯き、膝の上でゆったりくつろぐロアを撫でた。

(みんなともっと一緒に暮らしたい。それに、この村に恩返しをもっとしたい。でも、私に神子としての力があるのなら、このままここで幸せに浸っているだけじゃダメなんじゃないかな……）

そんなセシルの迷いを見通したように、アッシュがにっこり笑って告げる。

「もちろんただ働きというわけではありません。もしセシル殿が我々と旅をしてくれるのなら、セシル殿の願いを叶えましょう。金銭でも爵位でも望むものをおっしゃってください。陛下は寛大な方ですから、約束を反故にされることもありません」

そう言われて、セシルはむっとした。

別にお金も地位も欲しくはない。そんなものがなくても幸せなのだ。

（でもそれは、私に愛する家族がいて、力があるからだよね……）

そう考えて、セシルはちらりと父親へ視線を向けた。

父はセシルの判断に任せるというように優しく微笑んで頷く。

セシルは少し考えてから言いかけ、一度口を閉じるとにっこり笑った。

「たくさんお金が必要です」

「かまいませんよ」

「これ、セシル……」

セシルの言葉に父親はぎょっとしたようだが、アッシュは予想していたのかまったく動じていない。

そこで、セシルは具体的に話をすることにした。

「それでは、この村と周辺の人たちのために学校が欲しいです」

「学校⁉」

「はい」

セシルの願いにアッシュだけでなくガイもラーズも驚きの声をあげた。

父だけは軽く眉を上げただけで、すぐににやりと笑う。

セシルも悪戯が成功したかのようにくすくす笑いながら続けた。

「この国には王都に身分の貴賤を問わず誰でも入学できる学園があると聞きました。もちろん優秀な成績が必要だそうですが？」

「そうですね」

「それは素晴らしい方針ではありますが、入学するにあたって――学ぶ機会という意味ではすでに平等でないと思います。まず王都にあるために地方在住の者には金銭面で不利です。さらには優秀な成績とありますが、まず優秀かどうかを判断するための前段階に地方の……特に農村部の人たちは選考地点にも立てません。ですから私は誰でも基礎的な教育を受ける機会を与えてほしいと思っております。王都の学園のような大規模なものは必要ありません。ほんの少しだけ、全員ではなくとも望む人がちょっとした計算や読み書きができるようになれば……今後、この村に悪徳商人がやって来ても騙されない自衛手段を手に入れることができるのではないかと思うのです」

「……なるほど」

「始まりはこの村でも、いろいろと落ち着いた時に、他の地方にも小さな学校を作っていただけると嬉しいです。皆が農作業の合間にちょっと勉強しようかと思えるような気軽なものでいいんです」

農村部でも都市部でも、子どもが労働の一端を担っているのはセシルもわかっていた。

だからいきなり前世のような義務教育を、などということは望んではいない。

ただ少しだけ学びの機会があれば、今よりも生活に彩りが生まれるのではないかと考えているのだ。

何より、騙されないための知識はある程度必要である。

それにまだ幼いアルのための願いでもあった。

セシルたちが追放された時に持ち出したのは必要最低限のものだけなので、屋敷にあった膨大な本は一冊も手元にない。

家庭教師について勉強していたエルには必ず王都の学園に入学できるように手を尽くすつもりだが、まだ幼いアルはようやく絵本を読めるようになったところなのだ。

そのアルのためにも、きちんとした学びの場を作り、少しでも本に触れる機会をあげたかった。

セシルは好きに言い過ぎたかなと、黙り込んでしまったアッシュたちを窺った。

「……贅沢すぎました？」

「いえ……」

セシルの問いかけに、アッシュはようやく答えた。

そして座ったままいきなり頭を下げる。

「セシル殿の願いは私、アッシュ・フォードがしかと承りました。必ずやこの地域より少しずつ学びの場を広げていくことをお約束いたします」

「あ、ありがとうございます」

「同時に、お詫《わ》びをさせてください」

「お詫び？」

アッシュと同様に深々と頭を下げるガイやラーズに気圧されつつ、セシルは続けられた言葉に戸惑い、助けを求めるように父を見た。

父もまた何のことかと眉をひそめている。

「先ほどの私の申し出はかなり不躾《ぶしつけ》で失礼なものでした。そのつもりはなかった、とは言い訳にもなりません。いつの間にか狭量な考えに囚われ、偏見を抱えていたようです。そんな私が阿呆を馬鹿にする資格さえありませんでした。ご不快な思いをさせてしまい、改めてお詫び申し上げます」

「え、ええ……。大丈夫です」

確かにアッシュの言い方にむっとはしたが、ここまで真摯に謝罪されるのも居心地が悪い。

清廉潔白な近衛騎士という触れ込みに恥じない態度のアッシュたちに、セシルは困惑していたが、次第におかしくなって噴き出した。

アッシュの言う『阿呆』がマクシム王太子のことだとようやく理解したのだ。

父親もどうやら同様らしく、笑いを堪えている。

「どうか頭を上げてください。確かにちょっと腹は立ちましたけど、私も大人げなかったですし、約束を守っていただけるならそれでいいんです」

そうセシルが言うと、アッシュは気まずそうに微笑みながら顔を上げた。

ロアは膝の上で満足げにしっぽを揺らしながら大きなあくびをする。

「それで、旅の目的地はどこですか？」

「最終目的地はテンスタンという農場ですが、そこは魔術師たちが数人がかりで防御魔法を施してくれているので、ひとまずはこのまま北上したいと思っております」

「わかりました」

テンスタンという農場はセシルも聞いたことがあるほど大規模な農場だった。

農耕機械のないこの世界でそれほど大きな農場を維持するとなると、かなりの人員が必要になる。

庶民では自分たちの食料と上納分を合わせた必要最低限の収穫量を確保できる畑を維持する

だけで精一杯なのだ。

要するに、大規模農場を運営できるのは富裕層であり、そこで収穫されたものが街などに流通することになるのだった。

当然、上納分はその土地の領主たちの食料となり、備蓄となり、さらなる上納品となって、残りは商人に卸され換金される。

しかし、ここ数年はその余裕もなく、備蓄が減り続けており、各領地、各国も限界に違いなかった。

この国に他国と比べてまだ余力があるのは、テンスタンをはじめとしたいくつかの大規模農場に早くから魔術師たちを派遣したからだろう。

そもそも魔術師と呼ばれるほどに魔法を使える者は少ない。

そのため、ほとんどが王侯貴族に仕えることになり、農作業のために魔法を使うことはめったにない。

今回のような事態に陥ってはじめて防御魔法などを農場に施すことはあっても、セシルやセシルの家族のように常日頃から領地や領民のために貴重な魔法を使う者は少なかった。

事実、スレイリー王国では今でも畑に防御魔法を施すという地味な作業を王城の魔術師たちは嫌っている。

それならばまだ魔獣を相手にするほうがよいと、〝聖なる森〟から発せられる瘴気を抑える傍らで、王都近くに出没した魔獣退治に競って出向いていた。

魔獣退治の方が成果がすぐに得られ、目に見えて華やかだからだ。

しかし、この国の魔術師たちはたとえ王命だとしても、民のために、ひいては国のために働いている。

「リーステッド国王陛下は、とても素晴らしい方なのでしょうね」

それは近衛騎士という身分もあり華やかな立場にありながら、こうして辺境の地までやって来たアッシュたちを見てもわかる。

「はい。とても尊敬すべきお方です」

「私は陛下に――王家の方々にお仕えできて光栄に思っております」

「王家の方々は我ら国民の光輝です」

思わず漏れ出たセシルの言葉に、アッシュたちは笑顔で答えたのだった。

4

「旅を始める前にひとつお伝えしておかなければならないのですが、最近になってスレイリー王国側との国境である山沿いに魔獣の目撃情報が増えております。このまま北上すれば、おそらく魔獣と対峙することになるかと思いますが、大丈夫ですか？」

「当然です。私の防御魔法で少しでも魔獣被害を減らすのが目的ですよね？」

「そうですね。もちろん、セシル殿のことは我々が絶対に守りますのでご安心ください」

アッシュが申し訳なさそうに言うので何かと思えば、魔獣に対することだった。

伯爵令嬢として育ったセシルに魔獣は恐怖の対象でしかないと思ったようだ。

実際、セシルだって怖くはあるが、前世でイノシシに遭遇した時よりは防御魔法があるだけかなり心持ちが違う。

「私よりも、力ない人たちを助けてください」

「――かしこまりました」

セシルが国境の山沿いに魔獣の目撃情報が増えているという内容が気になりつつお願いすれば、アッシュは生真面目に答えてくれる。

できる限り急いで北上するべきだと判断したセシルは、自分の力をきちんと伝えたほうがいいと判断してアッシュたちに確認することにした。

「テンスタン以外にも大規模農場はあるはずですが、それらの守りはどうなっているのですか？」

リーステッド王国の大規模農場は各都市の郊外に位置し、都市部の食料を賄うだけでなく、有事の際には後方支援としての貴重な倉庫にもなる。

そのため、守りを固めつつも出荷しやすい位置にあるのだなと、妃教育の地理の時間に思ったものだ。

「テンスタン以外の大規模農場にも魔術師は派遣されております。ですから、小さな村とはいえ国境沿いを北上していただきたいのですが、難しいのでしょうか？」

「いいえ、大丈夫です。ただ……魔術師たちの防御魔法が効果を有するのはどれくらいの期間でしょうか？」

「……最近の害虫への瘴気の影響はとても強い。それらを完璧に防ぐとすれば、有効期間はよくて七日でしょう」

そのため、防御魔法を五日から七日に一度は施す必要があるのだ。

魔法というものは無尽蔵に繰り出せるものではなく、魔力が必要となる。

その魔力を有するのは王侯貴族に多く、庶民はごく簡単な魔法しか扱えない。

稀に庶民から多くの魔力を有する者が現れるが、たいていは魔術師となって王侯貴族に仕えることになるのだった。

（力の強い魔術師たちなら、小規模な農場……たとえばこの村のような場所なら収穫までは効果ある防御魔法を施せるはず……）

セシルはスレイリー王城に何人かいた魔術師たちを思い浮かべて考えた。

彼らも王家の直轄地にある農場に防御魔法を施していた。

一度、セシルも手伝おうかと声をかけたが、彼らのプライドを傷つけてしまったらしくすげなく断られたのだ。

それ以来、さらに彼ら魔術師からもセシルは嫌われることになったのだった。

嫌われるのは怖い。

それでも、この食料難の時にそんなことは気にしてはいられなかった。

「あの、私の防御魔法は三年効果を持続することが可能です」

「三年⁉」

セシルの告白はアッシュたちにはあまりに衝撃だったらしい。

今までで一番驚いたようで、素の表情が垣間見《かいまみ》えた。

アッシュは二十代前半だと思っていたが、ひょっとしてもう少し若いのかもしれないと思えるほどに。

「はい。メイデン伯爵領で、その効果は実証済みです」

「ええ。セシルの言葉に間違いはありません」

三人の反応にちょっと楽しくなりながらもセシルが続けると、父がそれを保証するように付け加える。

ずっと黙って膝の上でくつろぐロアは我関せずといった様子だ。

「メイデン伯爵領すべての農地にはかなり堅固な防御魔法を施しておりますが……この村の畑

には受粉などの必要性から、益虫は入れる防御魔法を施しております。また……」

これは言うべきか迷ったが、これから彼らと旅をするならやはり隠し事はしないほうがいいだろうと覚悟を決める。

「この村全体には、悪意を持った者は入らないようにとの防御魔法を施しました」

「悪意を持った……？　そんな選別が可能なんですか⁉」

「できます。だからこそ、私も父もあなた方にこうして打ち明けているのです」

アッシュもふたりも、しばらく言葉を失ったようだった。

だが、セシルはかまわず自分の考えを伝えた。

「ですから、私の力を大規模農場で使えば、他の魔術師たちは地方へと向かえますよね？　彼らが拒否しなければ、ですけど」

「彼らが拒否することはあり得ません」

「でしたら、私は急ぎ北上して山沿いの農村部に防御魔法を施しながらテンスタンへ向かい、その後に他の大規模農場へ向かいたいです。できれば、……これから種を蒔く場所も外すことなく効率よくお願いできますか？」

「もちろんです！」

そうアッシュは答えると、再び椅子から下りて片膝をついた。

ふたりも当然従う。

「やはりあなたは神子様に違いありません。セシル殿とご家族がこの国に来てくださったこと、誠に感謝しております」

「それをおっしゃるなら、父や私たちを無条件で受け入れてくださったこの村の方たちのおかげです」

セシルはロアを下ろして同じように膝をついてアッシュの手を握った。

ロアは不満そうにフンスと鼻を鳴らしたが、そのまま椅子の上に丸くなる。

「私たちは家どころか行き場もない犯罪者だというのに、この村の人たちは家を提供してくださり、自分たちも困っているというのに食料まで分けてくださったんです。私たちはこの村に恩返しをしたい。この村の人たちが敬愛する国王陛下のために、この国のために力を尽くすのは当然です」

そこまで言って、セシルは悪戯っぽく笑った。

「まあ、最初は警戒してしまいましたけど……。私たちはスレイリー王国では犯罪者ですから」

「それを知ってなお、この村の方たちは受け入れてくれたのです」

セシルの言葉を受けて、父が出入口である扉へ向けて微笑みながら言った。

扉の向こうは台所で、おそらく村長たちはそこにいるはずだ。

「私が言うのも何ですが、特にこの村の人たちはお人好しが過ぎます。自分たちの時間と労力を割いて、近隣の村に新たな食料になる苗を配り、育て方を教えて回っているんですから」

アッシュは笑って言うと、改めてセシルに問いかけた。

「だから学校が必要だと？　この村の人たちが悪人に騙されないように？」

はじめに挙げた条件を忘れてなかったらしいアッシュに、セシルはにっこりして頷いた。

「きっと、この村の人たちは騙されたとわかっても、笑って許してしまうとは思うんです」

「確かに」

「ですが、騙されるのは――人の悪意を受けるのは悲しいことですし、本来なら怒っていいことなんです。だからできる限り騙されないように、みんなが心から笑っていられたらいいなと思います」

「そうですね」

この村で暮らし始めてつくづく感じていたことをセシルが口にすると、アッシュは笑顔で同意して手を握ったまま立ち上がった。

つられてセシルも立ち上がる。

そこで手を離したアッシュは、父親へと真剣な表情を向けた。

「後出しのようで申し訳ないのですが、もう一点お願いがあります」

「何でしょう？」

「セシル殿が旅に出ている間、ご家族の皆さんは王都へ移っていただけませんか？」

「王都へ？」

「はい。もちろん王都での家も生活費もこちらでご用意いたします」

セシルはアッシュの申し出に驚いたが、父はすぐに理解したようだった。

「それは王都でなければなりませんか？　名を変えるなら、それほど目立たないでしょう？」

父の言葉で、セシルもアッシュの申し出の意味に気づいた。

セシルがこれから神子として旅をするなら、家族も注目されるからだ。

万が一にも、スレイリー王国から追手がくれば、タチハ村の人たちにも迷惑がかかる。

セシルは家族や村の人たちと離れ離れになってしまうのかと改めて思い、自分の選択に少しばかり自信が持てなくなった。

だが悪いことばかりではないと気づく。

「では、私からももう一点お願いがあります。エルを……弟を王都の学園に通わせてください」

その願いを聞いて、父ははっと息をのんだ。

父や母と直接話し合ったことはないが、同じことを思っているのは間違いなかった。

「先にお願いした村の学校では、弟には物足りないのです。成績も問題ないのは試験を受ければわかるはずですから」

セシルが重ねて言うと、アッシュは明るく答える。

「もちろん、お任せください。きっと優秀な弟さんなのでしょうね？」

「はい。私の弟とは思えないほど頭も性格もいいんです。ねえ、お父様？」

「エルが素晴らしい息子なのは間違いないが、お前とよく似ているよ」

エルの可愛らしくも凛々《りり》しい顔を思い出し、セシルは微笑みながら父親に話を振った。

すると、父親は優しく頷く。

「ご家族の仲がいいのは素晴らしいですよね。だからこそ、先の苦境も乗り越えられたのでしょう」

「はい、おっしゃる通りです。……ですが、エル本人は嫌がるかもしれません」

「確かに、あの子は自分のためにセシルが無理をするんじゃないかと心配してしまうかもしれないな……」

「ええ……。一緒に暮らせるようになったことをすごく喜んでくれていたから……」

母はもちろん心配するだろうが理解はしてくれる。またアルは寂しがりはするだろうが、あまり深く理解しないまま送り出してくれるだろう。

そのため、セシルと父親の心配はエルのことだった。

「それでは、セシル殿とご家族が手紙でやり取りできるよう、魔鳥を手配しましょう」

「魔鳥を？」

「ええ。一度王宮を介してのやり取りになるでしょうから、少しばかり時間はかかりますが、通常のやり取りよりは確実で早いですよ」

アッシュの言葉に、セシルと父は顔を見合わせた。

魔鳥は伝書鳩のようなものではあるが、かなり希少な手段である。

「それはありがたい申し出ではありますが、貴殿の一存で決められるものではないのでは？」

「ご心配には及びません。神子殿のお力をお借りできるとなれば、陛下も賛成してくださるでしょう。我々は今も魔鳥で連絡を取っておりますので、明日にでも王都での受け入れ準備を始めてくださるはずです」

王都まではかなり距離があるのだが、魔鳥を使えば連絡は半日もかからない。

そのため、父の懸念もすぐにでも解決できるだろう。

（魔鳥を使うって、かなり大変だって聞いたけど、やっぱりリーステッド王国の近衛騎士ともなるとすごいんだ……）

魔鳥は魔力を持った獣の一種で、目に見えぬほどの速さで飛ぶので捕獲も難しく、狂暴なために手懐けるのも大変なのだ。

人工的に繁殖させるのもなかなか厳しいため、遠方との連絡手段として用いるには最適ではあっても、その希少性は高く、一国に数羽ほどしか飼い馴らした魔鳥はいないとセシルは聞いていた。

実際、スレイリー王城で半年暮らしたが、見たことは一度もない。

（魔鳥を使っていたから、私たちが冤罪で国外追放されたって、視察の途中でも知っていたんだ。なるほど）

ひとつ謎が解けてすっきりしたセシルは、俄然やる気が出てきた。

以前、いろいろと制限されながら王城で暮らした半年間と違い、今度は旅の途中でも家族と手紙のやり取りが頻繁にできるのだ。

「いろいろと配慮していただきありがたいが、このことは一度持ち帰って家族と相談させてくださ い。申し訳ないが、返答は明日まで待っていただけますか？」

「わかりました。色よい返事をお待ちしております」

いつものように家族会議で決めるという父に、アッシュも急かすことなく頷いた。

その様子をじっと見ていたセシルに気づき、アッシュは優しく微笑みかけてくる。

慌てて目を逸らせば、今度はガイがパチリとウィンクしてきた。

そんなガイをラーズが肘《ひじ》で小突く。

アッシュもガイもラーズもセシルの気持ちを楽にさせてくれようとしているようだ。

「ロア、帰ろうか」

『話は終わったか？』

やれやれといった調子でロアは再び大きなあくびをして、椅子の上でぐっと体を伸ばした。

セシルはロアを抱き上げると、アッシュたちに父とともに辞去の挨拶をしてから村長に声をかけ、家族の待つ家へと帰っていったのだった。

第六章　神子と聖域魔法

1

「――姉さま、ぜったいぜったいお手紙をくださいね」

「もちろんよ、エル。でもエルからもお手紙をちょうだいね」

「はい！」

「ねえさま、ぼくにもおてがみほしいです」

「ええ。アルにもお手紙を書くわ」

アッシュたちに旅へと誘われた翌々日。

セシルは王都に向かう馬車に乗り込む弟たちに、一時の別れを告げていた。

少ないながらも荷物はすべて積み込み、父と母は子どもたちの別れを苦笑しながら待っている。

セシルはアッシュたちと別の馬車で移動することになっており、たった一日で様々な手配をしてくれたことに感謝とともに驚いていた。

村の人たちも皆が見送りに来てくれている。

「皆さん、本当にありがとうございました。また必ず戻って来ますので、タチハイモと菜種油のことはよろしくお願いします」

セシルの別れの挨拶に、皆が涙ぐみながら答えてくれる。

子どもたちは大声で泣き始めてしまったので、我慢していたアルまで泣き出してしまった。

「ええ、ええ。お任せください」

「お礼を言わなければならないのは、私たちの方ですよ。本当にありがとうございます！」

「セシル様、ありがとうございます！　またお戻りになるのをお待ちしておりますからね」

「ジョージ様、アリー様も、本当にお世話になりました！」

「エル、アル、またあそぼうな！」

村の人たちに大きく手を振り、セシルは両親とエル、アルと順番に抱き合って別れを惜しみ、それぞれの馬車に乗り込んだ。

あまりもたもたしてはかえって別れがたくなると、二台の馬車は走り出す。

王都に向かう家族の馬車とは小川に架かる橋を渡ってすぐに離れ離れになってしまった。

セシルが窓から家族の乗った馬車を見送っていると、アッシュが気遣って声をかけてくれる。

「大丈夫か？」

「ええ。また会えるから」

「すまないな、ひとりにしてしまって」

その言葉にはセシルは首を横に振って答えた。

なぜなら今回はひとりではない、ロアがいるのだ。

当のロアは皆が別れを惜しんでいる間にさっさと馬車に乗り込んで、用意した籠の中のクッションの上で優雅にくつろいでいた。

「本当に猫だけでよかったのか？」

「あまり大所帯になると、移動に時間がかかるから。それに私は自分のことはすべて自分でできるので大丈夫」

「そうか……」

本来なら男性三人に女性ひとりの旅など、眉をひそめられるだろう。

だが、アッシュたち三人が高潔と名高いリーステッドの騎士の中でも特に近衛騎士であること、何よりセシルの防御魔法──聖域魔法があれば誰も傷ひとつつけることなどできないため、両親も認めてくれたのだ。

はじめは母が同行すると主張したのだが、やはりまだ幼いアルのために傍にいてあげてほしいとセシルは説得した。

父も後になって渋ったが、万が一にもスレイリー王国から追手があった時に家族を守らなければならず、セシルの主張を受け入れてくれたのだった。

なぜならセシルは神子として認知されているため、何があってもアッシュたちが守ってくれるはずである。

そのアッシュたちには、セシルは旅をするにあたってさらにもうひとつお願いをした。

それはお互い敬語はなしにしようというもので、名前も呼び捨てにしてもらっている。

（怪我をしたロアを見つけた時から、お母様に浄化魔法を習っていてよかった……）

おかげでしばらくお風呂に入れなくても、洗濯ができなくても、清潔でいられる。

攻撃魔法は扱えないが、それは騎士たちがいるので大丈夫だろう。

（あとはこのネクタムなんだよね……）

聖域から持ち帰ったネクタムはまだ五つとも魔法をかけたまま保存している。

そのうちのふたつを母に託し、三つを袋に入れて持ってきているのだが、食べる機会があるのかは謎だった。

「セシル、ひとつお願いがあるのだが……」

窓の外を眺めるふりをしながらネクタムについて考えていたセシルは、遠慮がちに言うアッシュを見た。

いつもはきはきしているアッシュにしては珍しい。

「どうしたの？」

「その……ロアを撫でてもよいだろうか？」

『ならぬ！』

「えっと……ダメみたい」

「そうか……」

いわゆるイケメンであり、精悍《せいかん》な騎士であるアッシュが猫を触りたがるだけでもギャップ萌えなのだが、断られてしょんぼりしている姿は破壊力がすごい。

不機嫌にしっぽをぺしぺし揺らしだしたロアを、アッシュは物欲しそうに見ている。

「ロアはまるで人間の言葉を理解しているようだな」

「え？」

「まあ、犬でも馬でも、人間の言葉を理解している動物は多いが、ロアは何と言うか……完璧に理解し、セシルと会話しているみたいだ」

「そ、そうかな……？」

「ああ。やはりセシルが神子だからだろうか。うん、そうだろうな」

ひとりで納得しているアッシュを前に、セシルは笑って誤魔化すしかなかった。

どちらかと言うと、セシルが神子だからではなく、ロアが特別なのだ。

ただ、動物好きなのに、動物に嫌われるアッシュには、とてもではないが言えなかった。

特別なロアにまで嫌われてしまっているなど、ショックが大きすぎるだろう。

今もアッシュだけがセシルと一緒に馬車に乗っているのは、愛馬に好かれていないからだ。

アッシュが満面の笑みで「この子には嫌われていないから、私を乗せてくれるんだ」と言っているのを聞いて、セシルは「よかったですね」としか言えなかった。

要するに『嫌われていない』というのが重要らしい。

その愛馬はラーズの馬と一緒に馬車を引いてくれている。

ラーズは御者台で手綱を握り、ガイは愛馬に跨り並走していた。

「そろそろ次の村に到着するはずだ」

「よく知ってるね」

「来る時に通ったんだ」

「馬に乗って？」

「ああ」

嬉しそうに答えたアッシュから、セシルは窓の外へと視線を逸らした。

ロアが言うには、動物たちはアッシュを嫌っているのではなく、怖がっているらしい。

他の騎士よりも魔力がかなり高く、本人は抑えているつもりのようだが、やはり動物たちは勘が鋭く察してしまうのだそうだ。

（ロアでもはじめは驚いたくらいらしいから、相当強いってことだよね……）

ロアに唸られてしゅんとしたり、村で飼われていた犬に吠《ほ》えられて驚く姿を見ていると、とてもそうは思えない。

人は見かけによらないものだなとセシルはつくづく感じていた。

ちなみに、セシルの魔力は測りようがないほどに高いらしいが、アッシュとは種類が違うらしい。

（魔力の種類とか、考えたことなかったな）

ちらほらと見え始めた元気のない畑から、セシルはロアへと視線を移した。

ロアはその視線に気づいているとでもいうように、しっぽを軽く振ってまた丸くなる。

（ロアって過保護だよね……）

普段は気ままな猫のように過ごしているが、セシルや家族に対しては心配が尽きないらしい。

特にアルは心配らしく、子どもたちだけで外に遊びに行く時には必ずついていっていた。

ロアが初対面のアッシュにあれほど敵意をむき出しにしたのは、怖かったからではなく、セシルの不安を感じ取ったためなのだ。

そして今は、アッシュの反応を楽しんでいるだけである。

やがて馬車が速度を落とし始めたことに気づいて、セシルは再び窓の外を見た。

外にはいくつかの家が建ち並んでおり、それだけでタチハ村よりも大きな集落だとわかる。

「ここは近隣の村を束ねている総代がいる村なんだ」

「そうなんですね」

山を背にしたこの地域では、小さな村がいくつもあると聞いてはいたが、総代という存在は初めて知った。

スレイリー王国にそのような制度があったかはわからないが、王城で暮らしていただけでは知ることがなかったのは間違いない。

こうして皆が助け合って暮らしている地に来ることができ、少しでも助けになれることがセシルは嬉しかった。

（メイデン伯爵領地にいただけでも、わからなかったことだよね）

そう考えると、マクシム王太子との婚約から王城で過ごした半年を経て、婚約破棄、国外追放されたことは意味があったのだと思えた。

世界を救うなどといったすごいことはできなくても、以前よりはずっとたくさんの人や土地を救う機会が得られたのだ。

セシルは気合を入れ直し、先に降りたアッシュに手を借りて、ゆっくりと馬車から降りたのだった。

2

セシルが馬車から降りて顔を上げると、多くの視線に晒されていることに気づいて怯《ひる》んだ。

その顔は一様にがっかりしているように見える。

「皆、作業の手を止めて申し訳ない。だが、こうして出迎えてくれたことは嬉しく思う」

アッシュの言葉に、皆はわっと沸いた。

そんなアッシュの後ろに隠れるように立っていたセシルの足下に、馬車からひらりと降りたロアが体を擦り付けながら言う。

『こやつは王の風格があるの』

「確かに……」

出会ってまだ三日ではあるが、密かに感じていたことを、ロアが言語化してくれた。

(カリスマって、アッシュみたいな人のことを言うんじゃないかな)

タチハ村でも手配した馬車が到着した時、御者や馬丁たちに対応する姿は高圧的ではないのに威厳があった。

セシルやその家族はもちろん、村の人たちにも優しく親切だが、ガイやラーズとははっきりとした上下関係を感じさせる。

(そういえば、三人とも名前で呼んでほしいって言われたから、家名も聞いたけど忘れちゃったな)

自己紹介の時に家名はさらりと流された。

名家出身だが、気を遣わせないために名前を強調したのかもしれない。

その考えが確信に変わったのは、アッシュが総代や村人たちに自己紹介を始めた時だった。

アッシュもガイもラーズも名前しか名乗らなかったのだ。

しかも、「彼女は聖獣の力が弱まっている今、神が遣わしてくださった方だ」とセシルを紹介したのだった。

「えっと、初めまして。よろしくお願いします」

焦ったセシルは子どものような挨拶しかできず、村人たちに不信感が募るのがわかった。

「本当に神子様なのか……？」

「騎士様がおっしゃるんだから、間違いないだろ」

「だが、頼りない神子様だなあ……」

などといった声も聞こえてくる。

人は見かけが九割だとかどうとか言われるが、実際に今のセシルはタチハ村で譲り受けた着古したシャツとスカート、首にスカーフを巻いただけなのだから、神子に見えないのは当然だろう。

顔も体型も平凡な自覚がある。

それが白い騎士服を纏《まと》った騎士——体格も容姿も恵まれているアッシュの隣に立てば、平凡どころか劣って見えるのだ。

セシルにとっては、神子かどうかを疑われるのは別にかまわなかったが、名乗らなかったので『神子様』と呼ばれてしまうことに、微妙な気持ちになっていた。

だが、セシルの名を告げなかったのは、アッシュの気遣いだろう。

これから各地でセシルが聖域魔法を施せば、いつかはスレイリー王国に噂が届く。

その時、セシルと名乗っていない方が面倒が少ないからだ。

「アッシュ、できれば早く魔法を施したいのだけど……」

ひとまず休憩を、と案内する総代についていきながら、セシルはアッシュにこっそり声をかけた。

このまま歓迎の宴でも行われそうな気がしたのだ。

その時間があれば、他の地域も回りたかった。

聖域魔法を施すのは早ければ早いほどいいのだから。

「さすが神子様、ずいぶん熱心でいらっしゃる。もちろん、我々としてはありがたいことですが」

ニコニコしながらも大げさな言い方をするアッシュをじっと見てから、セシルはロアを抱き上げた。

「ねえ、ロア。アッシュが動物から嫌われるのは、魔力の強さもだけど、性格が悪いからじゃないかしら」

『食えぬやつではあるな』

犬や猫に話しかける人はよくいるので、セシルはアッシュに聞かれるのもかまわずロアに話しかけた。

途端に背後で噴き出す声がする。

驚いて振り向くと、ガイは笑いながらうんうんと頷いている。

「やっぱり神子様にはわかっちゃったか、アッシュの性格の悪さが」

「ガイ、お前……」

「事実じゃないですか。必死に隠そうとされてましたけど、無駄でしたね。ね～猫ちゃん」

ガイはそう言って、ロアに手を伸ばした。

ロアは珍しく他人に撫でられている。

「おまっ……！」

どうやらアッシュは性格が悪くても、部下には好かれているようだ。

自分には懐かないロアを、部下が撫でている姿を見てショックを受けているアッシュを見ると、思っていたよりは悪人というわけでもないらしい。

ロアもノリよくガイに撫でられているのがおかしくなって、セシルは笑った。

「この子はロアって言うので、そう呼んであげてください」

「わかった。ロアか……聖獣ガロア様みたいでかっこいい名前だな」

褒められて、ロアは嬉しそうにしっぽを揺らした。

「俺とお前の何が違うんだ。性格なら、絶対お前の方が悪いだろう……」

ぶつぶつ文句を言うアッシュは言葉遣いも変わっている。

こちらの方が接しやすいなとセシルが思っていると、馬の世話を終えたラーズが合流した。

「アッシュの笑顔が嘘くさいからダメなんじゃないですかね」

「ラーズ、お前まで……」

ラーズは無口だが、なかなか言うなとセシルは笑った。

その笑い声に、総代が振り向く。

「いかがなされました？」

「あ、いえ……そうですね。できれば休憩よりも先に、畑に魔法を施してもいいですか？」

総代にようやく声をかけられたので、もうアッシュを通さず直接伝えればいいかと、セシルは希望を口にした。

すると総代は目を見開き、アッシュを窺うように見る。

「神子様のお望みに従いましょう」

アッシュはニコニコしながら頷いた。

（やっぱり、この笑顔が嘘くさいよね）

おそらく父もアッシュのこの笑顔が建前だとは気づいていたのだろう。

とはいえ、政治を知る父にとって建前などは当然であり、娘のセシルを危険に晒さないかを見極めた結果、騎士たちとの旅を許してくれたのだ。

スレイリー国王の命令で従うしかなかったセシルの婚約とは違い、今回は断ることだってできた。

それでも父が信用したのだから、嘘くさくても性格が悪くても、セシルも信じればいい。

「で、ですが、畑は村の外に点在していますし、かなり広いですよ？　一度休憩されてからの方が……」

「大丈夫です。畑に向かう必要はありませんから」

昨日、アッシュたちは馬車を手配すると同時に、この村に先触れを出していたのだろう。

——神子が作物を守る防御魔法を施すため訪れる。とかなんとか。

だからこその出迎えであり、セシルを目にして皆はがっかりしたのだ。

セシルは先に計画を聞いて打ち合わせをしておくべきだったかと思いつつ、総代たちに聞かれないようアッシュにそっと顔を寄せて小声で訊ねた。

「……神子っぽくした方がいい？」

「どういうことだ？」

「私を祀り上げたいのかなって思って」

「できるなら、頼む」

正直に訊けば、正直に答えてくれる。

セシルはアッシュへの好感度を少しだけ上げて、任せろとばかりに微笑んだ。

その笑顔を見たアッシュは目を細め、ふっと顔を逸らす。

セシルは特に気にせず、総代に向けてそのまま笑顔で告げた。

「それでは、ここで始めましょう」

「ここで⁉」

総代たちと一緒に驚くアッシュたち三人を見て、そういえばまだ魔法を施すところを見せていなかったなと、セシルは気づいた。

今度のセシルはにやりと笑い、神子っぽく見えるように、その場で両手を組んで目を閉じた。

セシルは他の魔術師たちと違って詠唱を必要とせず、ただ頭の中でイメージするだけである。

今回はこの村までの道中で見かけた畑——ここからはかなり距離があるが、今のセシルなら力が届く。

セシルが立つ場所を起点としてそこまでの距離に蚊帳を四方に広げるイメージをすると同時に病原菌や害虫を追い出す。

そして蚊帳を閉じれば終わりなのだが、きっと詠唱した方がそれっぽいだろうと、セシルは歌った。

曲は前世で子どもの頃に歌った童謡。

春なのになぜか小さい秋を見つけていた。

しかも、セシルは日本語で歌っていたらしい。

さらには歌っている間――聖域魔法を施している間、セシルの周囲はキラキラ輝いていた。

それがどうやらかなり神秘的に見えたらしく、無事に聖域魔法を展開し終えて顔を上げると、総代や村の人たちだけでなく、アッシュたちもぼうっとしてセシルを見ていた。

「終わりました」

「え？」

「ここを中心に……あの街道の両脇に柿の木が生えていた距離まで四方に防御魔法を張って、病原菌や害虫を追い出しましたので、これ以上の被害は出ないはずです。また害獣も……魔獣も入ってくることはできません」

「ま、まさか……」

セシルが詳しく説明すると、総代がぽつりと呟いた。

それを皮切りに村の人たちがざわつく。

「街道の柿の木って、歩いて半刻近くかかるんだぞ⁉」

「しかも四方って、うちの畑も入るじゃないか！」

「害獣どころか魔獣も入ってこれないってことは、農作業に出かける時、襲われる心配をもうしないでいいのか⁉」

「お疑いなら、実際に見てきてくださってかまいません。病害虫は追い出しましたので、確認できるはずです」

村の人たちの驚愕の言葉に、セシルは苦笑して答えた。

「いえいえ！　そんな！」

「とはいえ、やっぱりさすがに……」

総代は慌てて否定したが、やはり疑う者はいる。

そこでアッシュが提案した。

「それなら皆、各々自分たちの畑を確認してきてはどうだ？　その間、我々は休ませてもらおう」

「そ、それでよろしければ……」

総代は困惑しつつ頷き、休憩場所への案内を再開する。

村の人たちはわずかにためらっていたが、セシルたちが総代について歩き始めると、急ぎ踵を返した。

自分の畑が気になるのだろう。

セシルは足元を歩いていたロアを抱き上げた。

「ロア、なぜか光ってたみたいなんだけど、何かした？」

『神子っぽくすると言っておったろう。だから少しばかり手を加えてやったのだ』

「確かに、光るとそれっぽいよね。うん。まさかそんなことができるなんて、ロアはすごいよ。素敵加工をありがとう」

『うむ』

「──素敵加工って？」

「ひゃっ！」

ロアと小声で話していると、アッシュがすっと近づいて訊いてきた。

猫と会話していると、たいていの人はスルーするのに、アッシュはしっかり聞いていたらしい。

「それは、ほら、神子っぽく見えるなら、光も演出したほうがいいかなと思って……ロアに感想を聞いてたの」

恥ずかしく思いながらも、ロアが特別な猫だと知られないように適当に誤魔化した。

すると、アッシュは訝しげに眉を寄せる。

「演出？　さっきのが？」

「はい。神子っぽく見えたでしょう？」

「すごいな……」

アッシュは感心したように呟き、ガイとラーズも無言で頷いた。

神子が近衛騎士を従えている、という構図は、王家が神子を擁しているということだ。

これで神子の力が発揮され、作物の収穫量が上がれば、王家の人気も高まる。

そこまでセシルが理解しているということも含めての感嘆だろう。

セシルとしては、皆が飢えることなく、魔獣に怯えて暮らさなくていいのなら、利用されようともかまわなかった。

そもそもリーステッド王家のこの災難への対応は好感が持てる。

タチハ村の人たちの気の良さも、王国全体の気風によるものも大きいと思っていた。

比べるのは申し訳ないが、スレイリー王国では辺境の地でも、あれほど皆がお人好しでは暮らしてはいけない。

ただ、人が多くなればそれだけいろいろな人がいるもので、多くの人たちを束ねるには総代のように少々疑い深くならなければならないのだ。

そのため、ちょっとばかり総代の態度に引っかかるものがあっても、セシルは気にしないようにしていた。

だが、アッシュは違ったらしい。

「これからはセシルに失礼な態度を取る者がいないよう、ドレスを用意すると言ったら怒るか？」

服装について女性に意見するのはまずいとアッシュは知ったうえで、申し訳なさそうに問いかけてきた。

それがおかしくて、セシルは笑って首を横に振る。

「それも演出のひとつだよね？　だとすれば、あまり華美なものではなく、簡素でいて、それっぽく見えるようなのがいいと思う」

「たとえば?」

「神官服でもいいと思うけど、取り寄せるのに時間がかかるかな?」

「魔鳥に運ばせよう」

「ありがとう」

荷物も運べるなんて魔鳥は便利だなと思いながら、セシルは休憩場所として用意された総代の家へと入ったのだった。

3

総代の家はタチハ村の村長の家と違って、かなり大きく屋敷と呼べるような家だった。

居間には絵画やタペストリーが飾られており、ソファもある。

セシルは着古した服で腰を下ろすのを申し訳なく思いながら、ソファへと座った。

浄化魔法で清潔にはしているので汚すことはない。

ただ客観的に見て、ソファにセシルは不釣り合いに思えた。

逆に、アッシュやガイ、ラーズはその清廉な姿から、ソファの方が貧相に見える。

さらには白いふわふわの毛をしたロアが、まるで裕福な家で飼われている猫のように優雅にセシルの膝の上でくつろいでいるのがチグハグ過ぎておかしかった。

（なんて言うか、今のこの部屋の中ってカオスだ……）

おそらく総代も、その妻も精一杯着飾っているようだ。

近衛騎士が神子を連れてやってくると聞いていたのだから、こちら側がそれを望んでなくても当然の結果である。

アッシュたちはそれを感心しているふうでも、嫌悪しているふうでもない、あくまでも自然体だった。

（今回は私を……というか、神子を連れての初めての旅だし、先触れを出したんだろうね……）

タチハ村への突然の訪問とそれに続く態度から、アッシュたちは過度な歓迎は望んでいないことがわかる。

（でも、迎える側はどうしても畏《かしこ》まってしまうよね）

前世でも社長だ大臣だと、お偉いさんが視察に来る時は大騒ぎで、現場には余計な仕事が増えたものだ。

セシルは磨き上げられた家具や、用意されたお茶や軽食をちらりと見て同情した。

正直に言えば、アッシュたちやセシルがもっと普通の――偉ぶった人物だったら、総代たちも対応が楽だったかもしれない。

偉ぶった人というのは、たいてい持ち上げておけば機嫌よく過ごし、質問も込み入ったものではなく上っ面をなぞった定型文のようなものだ。

しかし、アッシュはここ三年の各作物の病気や害虫発生率の種類の違いと推移など、数字で表せるものではないことを聴いている。

（まあ、収穫率などは「報告書読めよ」で終わる話だけど、現場でしかわからないものってあるからなあ）

前世の実家が農家だったこともあり、セシルは長年の勘や、その場でしか得られない体感といったものはそれなりに理解していた。

だからこそ、今一番手が空いている近衛騎士を現場に派遣し、地方の魔獣退治と共に作物の発育状況を体感させているリーステッド国王に、セシルは感動して協力しようと考えたのだ。

とはいえ、今のセシルはアッシュと総代の問答を聞きながら、手持ち無沙汰に膝の上のロアを撫でるくらいしかできない。

（お父さんたちは今頃どのあたりかな……？）

今朝別れたばかりの家族のことを考えながら、無意識に手を動かしていると、ロアが気持ちよさそうに喉を鳴らす。

それに惹かれて、時折アッシュが羨ましそうな視線を向けてきていた。

「ちょっと、ロア。からかいすぎ」

かなり小さな声で囁けばロアはにやりと笑ってころんと転がりお腹を見せる。

「あ……」

と声を漏らしたのはアッシュで、総代がびくりとしていた。

ガイとラーズの抑えた笑い声とともにロアのこれ見よがしに喉を鳴らす音が室内に響く。

そんな微妙な空気を、新たな訪問者が破った。――すごい勢いと人数で。

「総代！　すごいです！」

「俺の畑が生き返ったんです！」

「やっかいな虫が消えてました！」

なだれ込むように部屋に入ってきたのは村の人たちで、アッシュやガイ、ラーズはいつの間にか立ち上がって剣の柄に手をかけていた。

しかし、村の人たちだとわかった瞬間、柄からは手を離して表情を緩めたので、気づいたのはおそらくセシルとロアくらいだろう。

『ふむ。それでもまだ警戒はしておるな。よきよき』

ロアが満足げに呟いたのは、三人の魔力がまだぴりっとした感じで放たれているからかもしれない。

（あれ？　私、こんなに人の魔力に敏感だった？）

馬車でもロアが言っていた魔力の種類についても、以前はわからなかった。

「ロア、あの――」

「神子様、ありがとうございます！」

「神子様のおかげです！」

「ああ、神子様！」

セシルがロアに訊ねようとした時、村の人たちはセシルを前に膝をついて崇めるように次々と頭を下げた。

「え、ええ……」

「神子らしく振る舞うのではないのか？」

セシルが思わずロアを抱いたまま立ち上がり後退ると、背後に立っていたアッシュにぶつかってしまった。

アッシュはからかうように耳元でこっそり囁く。

「これは……助けて……」

無理。と言いたいのを我慢して、セシルは振り返って助けを求めた。

メイデン伯爵領では感謝はされても身分差のためか遠慮があり、タチハ村でも父が前面に出てくれていたからか、ここまで直接的なものではなかったのだ。

セシルはどう対応すればいいのかわからず、調子に乗って「神子っぽくする」と言ったことを後悔していた。

「――皆の感謝の気持ちは十分に伝わった。あまりに勢いがよすぎて神子様が困惑されるくらいにな。だから落ち着いてくれ」

アッシュが庇うようにセシルの前に出て村人たちに告げると、皆も冷静になったらしい。

セシルがほっと息を吐くと、ロアがふんっと鼻を鳴らす。

『セシル、騙されてはならんぞ。こやつが神子を守るのは当然なのだ。むしろ、この状況が怠慢なのだ』

ロアのアッシュに対する厳しい評価がおかしくて、セシルは笑いを堪えた。

おかげで落ち着くことができたセシルは、アッシュの前へと進み出た。

途端にその場は静まり、先ほどとは違う皆の期待に満ちた眼差しがセシルに注がれる。

「皆さんが大切に育てた作物にこれ以上被害が出ないよう、守りの魔法を施しました。ですが、私にできるのはここまでです。これから先は皆さんの力が必要です。聖獣様がお戻りになるまでどうか諦めず、頑張ってください」

セシルがそう告げると、一拍置いてわっと沸いた。

中には泣き出す者もいる。

『ふむ。神子らしくてよかったぞ』

未だセシルに抱かれたまま、ご機嫌な様子でロアが言う。

セシルは顔を赤くして、ロアに顔をうずめた。

「本当はすごく恥ずかしいんだからね」

セシルの声は皆には聞こえなかったようだが、アッシュにはしっかり聞こえたらしい。

「素晴らしかったよ」

アッシュの言葉に、またからかわれていると思ってセシルは顔を上げた。

だが、アッシュは優しく微笑んでいる。

「神子っぽく、ではなく、正真正銘セシルは神子様だよ」

嘘くさくない笑顔のまま、真剣な口調で言うアッシュから、セシルは視線を逸らしてガイたちを見た。

ガイもラーズも笑顔で見返してくるが、その瞳はアッシュと同じように真剣で、セシルは落ち着かなくなった。

軽い気持ちで〝神子っぽく〟振る舞ってしまったが、もう引き返せない気がする。

今まで気軽に話していたアッシュやガイやラーズも、半信半疑だったものが確信に変わったらしい。

それほどに皆は本気で神子を求めていたのだ。

「私に神子様は荷が重いよ……」

『気負う必要はない。セシルはそのままでよいのだ』

小さく呟いたセシルの腕を、ロアが器用にしっぽでぽんぽん叩いて励ます。

少しでも多く作物が実るように、セシルは力を尽くすつもりだった。

そのために、この国の農地を効率よく回れるのなら神子として扱われてもいいと思ったものの甘かったようだ。

村の人たちの熱狂的な感謝と崇敬の言葉を受け止めながら、セシルは縋るようにロアを抱きしめたのだった。

4

「——本当にもっと休まなくてよかったのか？」

「ええ。できるだけ先へ進みたいから」

アッシュの問いかけに、セシルは笑顔で頷いた。

先ほど初めてアッシュたちの前で聖域魔法を使ってから、変に気遣われても嫌だと思っていたセシルだが、逆に嘘くさい笑顔がなくなって本音を見せてくれている。

ほっとしたセシルは、母が持たせてくれたパンを口へと入れた。

セシルたちは今、強く引き止める総代たちに別れを告げて、次の村へと向かっている途中である。

旅の計画を立てた時に、魔法を施すのに大した時間はかからないので、馬車で一日進めるだけ進めてほしいとお願いしていたのだ。

そのため、昼前には最初の村を発ち、ほどよい野原を見つけたので少し遅めの昼休憩をとっていた。

「何が？」

「でも、驚いたな」

同じようにタチハ村の人たちから持たされた軽食を食べながら、ガイが呟いた。

不思議に思ってセシルが問いかけると、にやっと笑って答えてくれる。

「噂でセシルが神子だとは思っていたけど、まさかこれほどに強い防御魔法が使えるとは思ってもいなかった。ほんと、村の人たちじゃないけど、僕もあの姿を見た時には膝をついて頭を下げないとって思ったくらいだったよ」

「それだけは絶対にやめてね」

大げさな仕草で答えるガイに、セシルは眉を下げてお願いした。

すると、ラーズが苦笑しながらガイを肘で小突く。

「ガイの言葉が大げさとは言いませんが、私たちの役目はセシルの護衛ですから。膝をついて頭を下げていては対応に遅れてしまうので、残念ながらできません」

「残念じゃないですね」

ラーズは変わらず敬語で話すのだが、それは誰に対してもらしい。

ただどうしてもラーズと話しているとつられて丁寧な話し方になってしまっていた。

ロアはセシルたちが食事をしている間、アッシュとは反対側の敷布の隅で丸くなって寝ている。——ように見えるが、すべて会話は聞いているだろう。

ガイは大げさだとは思うが、確かに自分の力が以前よりも強くなっているのはセシルも感じていた。

あの光の演出はロアの力で、かなり〝神子っぽく〟見えたはずだ。

ただやはりそれだけではないと感じている今、セシルはそろそろ自分が本当に〝神子〟なのだと認めるべきだと考えた。

ロアもまた不思議な存在で、そのロアがセシルのことを〝神子〟だと初めから言っていたのだ。

（本当は最初から認めてきちんと向き合うべきだったんだよね。だけどそれはすごく責任を伴うってことで、私は逃げていただけだ）

まるで権力は欲しいが責任は取りたがらない前世の上司のようで、セシルは自己嫌悪に陥った。

だが、旅はまだ始まったばかりなのだ。

セシルは昼食の片付けをすると、手伝ってくれたアッシュたちに魔法で保存していたお茶をポットから注ぎ、三人にカップを渡していった。

「ありがとう、セシル」

三人はそれぞれ自分たちの飲料を持ってはいるようだったが、セシルのお茶を受け取り礼を言う。

セシルは最後に自分のお茶を注いで一口飲むと、覚悟を決めて切り出した。

「あのね、今さらなんだけど、私はどうやら〝神子〟らしいんだよね」

「……本当に、今さらだな？」

セシルが勇気を出して告白すると、アッシュが訝しげな顔で答える。

ガイもラーズも驚いているが、今さらすぎる告白のせいだろう。

「今まで、私は他の人より防御魔法が得意だっていう自覚はあったの。でもそれは、小さい頃から……虫が大嫌いで、それはもう引くほど大嫌いで、視界に一匹たりとも入れたくないくらい大嫌いで、そのために防御魔法の練習を頑張ったから、得意になったんだと思ってた」

「とにかく、虫が嫌いっていうのはよくわかった」

重ねて主張するセシルの言葉に、アッシュはちょっと引き気味に言い、あたりを見回した。

休憩場所にしている野原には気持ちよい風が吹き抜けていく。

「ひょっとして、今も防御魔法で虫を遮断しているのか？」

「今、というより常に、私の周囲に防御魔法を張り巡らせて遮断してる」

「常に……それは、やはりすごいな」

常に魔法を使用しているということは、魔力を放出しているということだ。

アッシュたちはその意味を悟って感心していた。

そこにガイが口を挟む。

「虫が嫌いって、蝶《ちょう》も？　女性は好きなんじゃ――」

「大嫌い。粉が無理」

「カブトムシとかかっこい――」

「足が無理。黒光りなのも絶対無理」

「蟻《あり》は――」

「集団が無理」

過去の――前世で体験した虫にまつわるエトセトラを思い出して、セシルは神子として――というより、人としてあり得ないほど嫌そうなしかめ面で、ガイの言葉を否定した。

それに耐えきれなかったのか、アッシュもラーズも噴き出し、声を出して笑う。

「笑い事じゃないよ。本当に嫌いなんだから。でも、虫も生態系の一部で、植物の受粉を手助けしてくれたりと、益虫もいるからすべて排除するわけにもいかないでしょ？　だから頑張って工夫して、害のない虫だけ出入り自由な防御魔法を開発したの」

「さらりととんでもないことを言っているな」

「これで神子じゃないなら、どうなってるんだって言いたくなるな」

「セシルが人間嫌いでなくてよかった」

「確かに……」

セシルが幼い頃からの研究と努力の結果を告げると、アッシュとガイは感心したような呆れたような口調で答えた。

そして、ラーズが安堵したように呟いた言葉に同意する。

もしセシルが人間嫌いだったら、伯爵家に閉じこもって、不作だの瘴気の発生だのに関心を持たなかったかもしれない。

そこでふと思い浮かんだことがある。

（もし、私が防御魔法の研究開発をしていなかったら、どうなってたんだろう？）

そう疑問に思った時、ロアがやってきて、手を伸ばすアッシュを避けてセシルの膝の上に乗った。

それからまるでセシルの心を読んだかのように言う。

『セシルは努力したからこそ、神子となったのだ』

「そっか……」

前世で徳を積んだから神様に与えられた力ではない。

努力していたからこそ得た力なのだと改めて言われて、今度は素直に受け入れることができた。

「ありがとう、ロア」

いきなり現れたロアに言われた時よりも、同じ時間をしばらく過ごしたロアに言われたから信じられる。

ロアを抱き上げてぎゅっとすれば、皆の視線が集まっていることに気づいた。

猫と話をするのはもうとっくに気づかれているだろうが、こんなに注目されているとさすがに恥ずかしい。

顔を赤くするセシルに、アッシュが優しく微笑みかけた。

「セシルは本当にロアと話をしているみたいだな」

「……本当の本当に話をしていると言ったら信じる？」

「そうだな。信じるよ」

「え？」

「僕も信じるよ。だって、神子様だし」

「ロアも普通の猫ではない気がしますからね」

この先も旅をするなら、ロアとの会話はたびたび聞かれるだろうと意を決して訊ねると、あっさり受け入れられてしまった。

驚くセシルに、ガイとラーズも笑って肯定する。

セシルが思わずロアを見下ろせば、機嫌がいいようでしっぽをゆらゆら揺らしながら告げた。

『我は別にかまわんぞ。こやつらに秘密は必要ないであろう。セシルの思うようにすればよい』

ロアが言う秘密とは、聖園のこと、ネクタムのこと、そしてロアのことなどだろう。

前世については誰にも言うつもりはないが、ネクタムについても近衛騎士である三人には知らせないほうがいい気がした。

「……ロアは、おそらく〝聖獣様の遣い〟なんです」

「聖獣様の⁉」

予想はしていたが、アッシュたち三人はセシルの言葉に驚きロアを見た。

ロアは先ほどと変わらずしっぽを揺らしているだけ。

しかし、アッシュが思わずといった様子で手を伸ばすと、そのしっぽでぴしゃりと叩いた。――「シャー！」のおまけ付きで。

「……やはり、私ごときが聖獣様の遣いに触れるなどできないか」

「いや、単に嫌われてるだけだよ」

「ロア様は素晴らしい毛並みですねぇ」

「お前らっ……！」

だらりと手を下ろし、気落ちして呟くアッシュに、ガイとラーズがロアを撫でながらツッコむ。

ショックを受けるアッシュを見て、セシルは噴き出し笑った。

「セシルもそんなに笑わなくても……」

ぼやくアッシュがおかしくも気の毒すぎる。

そこでセシルはロアの言葉通りに秘密を話すことにした。

「ロアは本当はアッシュのことを嫌ってないよ。単にからかっているだけ」

「本当か⁉」

パッと顔を上げたアッシュは喜びに溢れている。

本当に動物が好きなんだな、とセシルは感じて微笑んだ。

『セシル、それを言ってはつまらんだろう』

「ロアが話してもいいって言ったじゃない」

『その秘密ではない』

ロアは不満げに言うが、それも嘘だとセシルにはわかっていた。

そこで、アッシュを励ますように付け加える。

「アッシュは動物に嫌われているんじゃなくて、怖がられているんだって。魔力が強すぎるから」

「そういうことか……」

「あー、それじゃどうしようもないね」

「アッシュの愛馬のヤードは優れた軍馬だからこそ、耐えられているのか……」

「だが、嫌われてるわけではないとわかっただけ幸せだ」

「よかったですねー」

「結局、触れないんですけどね」

アッシュの魔力が強いことは周知の事実らしく、ガイもラーズも驚くことはなかった。

そして、動物たちに嫌われていないとわかって喜ぶアッシュに、現実を突きつける。

そんなやり取りに、セシルはずっと笑っていた。

家族と離れるのは不安もあったが、やはりこの三人と旅をすると決めて正解だった。

マクシム王太子と婚約していた半年、家族と離れ離れになって笑うこともなく、寂しいだけだった日々とは大きく違う。

セシルはようやく笑いを収めると、まだある秘密を打ち明け始めた。

「そういえば、その、そこまで大したことではないと思うけど、私の魔法は『防御魔法』じゃなくて『聖域魔法』と呼ぶみたい」

「聖域魔法!?」

「あの伝説の!?」

「本当に存在したのか……」

セシルにとっては、ただ名前の呼び方の違いだと思っていたが、アッシュたちは驚愕している。

三人は伝説と言っているが、セシルは聞いたことがなかった。

ひょっとして、各国で聖獣にまつわる伝説は微妙に違うのかもしれない。

（そういえば、スレイリー王国とこの国でも聖獣への信仰度が違うもんね……）

そこまで考えて、セシルはちらりとロアを見た。

「セシルの防御魔法は並大抵のものではないと思っていたが、聖域魔法なら納得だな」

「ああ。害意を持ったものが入れないというのも当然だ」

「……ひょっとして、その、元の伯爵領にも施しているのか？」

ガイやラーズは聖域魔法と聞いて今までのことに納得しているようだったが、アッシュは別のことが気になったようだ。

その核心をついた質問に、セシルは一瞬だけ戸惑い、そして頷いた。

「うん。メイデン伯爵領全体も聖域魔法で保護してる」

「それで、セシルもジョージ殿たちも、ここでの新しい暮らしを受け入れたんだな」

そう言われて、セシルは言葉にはせず微笑むだけにとどめた。

他の土地の人たちを見捨てるつもりはない。

だが、伯爵領の人たちが苦労して育てた作物を必要以上に奪わせるつもりもなかった。

伯爵領の人たちは自分たちに最低限の必要分を確保できれば、後は惜しみなく他地域に差し出すはずなのだ。

それでもさらに奪おうとする者が現れれば、たとえ領地内に入っていても、仕掛けた魔法が発動して弾き出すだろう。

その魔法が有効なのがおそらく三年。

三年以内に聖獣に戻って来てもらわなければ、伯爵領は窮地に追い込まれる。

ひょっとしてもっと保つかもしれないが、保証はできなかった。

そもそも聖獣がこの世界を留守にした理由、ロアが怪我をしてしまった原因から、セシルたちは目を逸らしてしまっていたのだ。

（聖獣への信仰が篤いこの国に比べて、スレイリー王国ではおとぎ話レベルになってて……）

セシルはカップを置くと、すっと息を吸った。

その時、ロアが膝の上できゅっと爪を立てる。

痛くはないが、初めて爪を立てられたことに驚いて、セシルは再びロアを見下ろした。

『まずはこの国を旅しよう。その間にいろいろ見えてくるものもあるだろう』

ロアの言葉に、セシルは目を丸くした。

その目から涙が溢れそうになったが、慌ててハンカチを取り出して押さえた。

「セシル、どうかしたのか？」

「……風で、目にゴミが、入った……」

「大丈夫か？　浄化しようか？」

「ううん、大丈夫。ありがとう」

どうにか涙を引っ込めて、セシルは目が赤いまま笑って首を横に振った。

アッシュもガイもラーズも心配してくれている。

泣いている場合ではないのだ。

この優しい人たちが暮らすこの国や近隣国まで巻き込んで、不作の原因――ロアを傷つけたのは、きっとスレイリー王国の人間なのだから。

瘴気が最初に発生した森は、スレイリー王都に接している〝聖なる森〟だった。

あそこで狩猟を許されている者――本来なら許されるはずもないのだが、強行したとしたら王族しかいない。

ロアを矢で射ったのは、スレイリー王族かそれに関係する者たちの誰かだろう。

だが、ロアは怒りを見せることなく、セシルに甘えてくれている。

そのロアが言うのなら、旅をして、何が見えてもセシルにできることを精一杯するだけなのだ。

いろいろ吹っ切れたセシルは、残っていたお茶を一気に飲み干した。

第七章　魔獣襲来と治癒魔法

1

「――神子様、ありがとうございます！」

「畑が元気になりました！　ありがとうございます！」

もう何度目かの村の訪問で、セシルは神子らしく振る舞うのにも慣れてきていた。

あの総代のいた村を出てからその日の夜には神官服が届き、見た目もすっかり神子らしく見える。

真っ白な神官服に、途中の町で見つけた仕立屋で作ってもらった白いリボンを腰に巻いてアレンジした姿はセシル自身も気に入っていた。

「セシル、そろそろ行こうか」

「うん」

アッシュに促され、守られるように馬車に乗り込むセシルはロアを抱いている。

セシルが神子として崇められるのと同時に、いつしか白猫も神の使徒であると噂されるようになっていた。

そのせいか、白猫だけでなく、国中で猫が大切にされるようになっているらしい。

（もふもふは正義だからね）

セシルは車窓から手を振り、別れを惜しむ村人たちに笑顔を向けた。

長居をしないのは、初めの頃とまったく変わっていない。

必要箇所に聖域魔法を施し、村人との触れ合いもするが過度な接待は受けず、次の村へと早々に出発する。

そんな神子と近衛騎士一行の噂はあっという間に国中に広まっていった。

最近では王宮とのやり取りに使う魔鳥とは別に、アッシュの許には誰かしらの手紙を携えた使者が増えている。

どうやら我が領地にも神子の加護を、という内容のようだ。

しかし、当然ながら予定を変更することはなかった。

（家族みんなで王都に引っ越ししたのも正解だったよね）

アッシュが手配してくれたおかげで、王都では神子の家族であることは内密に生活できているようだ。

もし神子の家族だと知られれば、助けを求める人や悪用しようとする人が押しかけただろう。

セシルは座席の横に置いてある鞄《かばん》を開け、大切にとってある手紙の束を取り出した。

家族のことを考えているうちに、恋しくなってしまったのだ。

何度も読み返した中でも最新のものを開いて再び読み返す。

父はアッシュが手配してくれた仕事——役所の出張所のような場所で書記官補佐の仕事をしているらしい。

仕事があることがありがたいと父は楽しそうに手紙に書いていた。

また母は近所の仕立物屋の下請けのような仕事をしているそうで、スレイリー王国とは微妙に違う縫い方もあり、毎日練習しているようだ。

そして弟のエルはもうすぐ学園の入試があるので勉強を頑張っており、アルは新しい友達ができて毎日外に遊びにいっているとあった。

（いくら生活をアッシュが保証してくれていても、お父様やお母様が何もせずにいられるわけがないし、外から見ても怪しく思われるもんね……）

それを見越してアッシュが仕事まで世話をしてくれていたのは感謝しかない。

「また手紙を読んでいるのか？」

「うん。もうすぐエルの試験日だから、大丈夫だとわかっていても私まで緊張するわ」

「心配はいらないだろう。私も少し話をしたが、利発で聡明な子だったからな。もう少し子どもらしくてもいいんじゃないかとは思うが、ここ最近のご家族のことを思うと、頑張ってしまうのだろう」

「そうなの！　頑張りすぎてるの！　本当はもっと力を抜いてほしいんだけど、でもそれがエルだから、私たちがあれこれ言うよりも、大丈夫だよって感じさせてあげないといけないんだろうなあ」

「……頑張りすぎているのは、セシルも同じだろう？」

「そんなことはないよ」

「きっと弟君も同じことを言うだろうな」

そう言ってアッシュは笑うが、セシルはもう十八歳なのだ。

それに比べてエルはまだ十一歳なのだから、同じではダメなのではないかとセシルは納得いかなかった。

（アッシュだってまだ若いのに部下もいて、いろいろ手配してくれて……きっと身分だけじゃない、しっかりした実力があるんだと思う）

自分とたいして年齢は変わらないように見えるのに、かなりしっかりしている。

そこで、そういえばアッシュの近衛騎士での地位を聞いたことがなかったなとセシルは思った。

（班長とか、それくらいかな……）

部下がガイとラーズだけだとすると、とまで考えて、セシルは我に返った。

かなりどうでもいいことを考えている。

（たぶん、疲れてるんだな……）

明日はいよいよ目的地である大規模農場のテンスタンに到着予定で、手紙をしまったセシルは座席に背を預けて小さく息を吐いた。

もう何日も休みなく移動しているのだ。

聖域魔法を施しても魔力が枯渇することはないが、体力的な問題はあった。

（私が焦るあまり、アッシュたちも休憩をほとんど取ってないけど……）

目の前に座るアッシュはまったく疲れを感じさせない。

そう見せているだけなのか、本当に疲れていないのかはわからなかったが、さすが近衛騎士だなとセシルは感心した。

『セシル、疲れているのなら、ネクタムを食べればよいぞ？』

「ありがとう、ロア。でも大丈夫。それよりも、ロアは？　ずっと食べていないよ？」

『我はまだ食せずとも問題ない。療養中に十分摂り込んだからな』

「あれだけで？」

ロアは十分と言うが。ネクタムを三個しか食べていない。

セシルたち人間の常識に当てはめてはダメだとは思っても、やはり気になってしまう。

そんなセシルを見て、ロアはふっと優しく笑った。――猫なのに。

『心配せずとも、我は聖園にいつでも足を踏み入れることができる』

「え？　でも、ずいぶん遠くなっちゃったよ？」

『我にとって距離とはただの概念であり意味をなさぬ』

「うん。意味がわからないね」

『人間とは不便な生き物だな』

「ロアが便利なんだよ」

『ふむ。それはそうかもしれんな』

視点を変えれば物事はまた違って見える。

素直に受け入れ真面目に考えるロアがおかしくて、セシルは笑った。

「ずいぶん楽しそうだけど、何の話か訊いてもいいかな？」

「距離の概念と利便性の話だよ」

しばらく沈黙していたアッシュがセシルの笑い声を聞いて問いかけてきた。

以前、ロアが聖獣の遣いだと伝えてからは気にせず会話しているのだ。

しかし、アッシュはロアの言葉がわからないのだから、この状況で会話を続けるのは失礼だったなとセシルは反省しつつ、内容を簡単に説明した。

「それはまた難しそうな話題だな。私には理解できそうにない」

「大丈夫。私もわかっていないから」

「それなら安心した。いや、安心していいのかな？」

説明が簡単すぎたせいか、アッシュは諦めたようにため息を吐いた。

そこでセシルも理解していないと言えば、アッシュは笑顔になり、すぐに眉を寄せて考える。

それがおかしくて、結局はふたりで笑った。

ロアも楽しそうにしっぽをぱたぱたと揺らしている。

ところが、ロアは急に耳としっぽをピンと立てた。

「ロア？」

いきなり警戒態勢に入ったロアに驚いたセシルだったが、アッシュも座席から腰を浮かせ、走行中の馬車のドアを開けた。

「え⁉」

「セシル、悪いが少し失礼する」

アッシュはそう言うと、するりと馬車を出てドアを閉める。

その頃には馬車は止まりかけていたので、飛び降りても怪我はなさそうだが、セシルは慌てて窓の外を見た。

アッシュは無事に着地したようで、すっかり止まった馬車に駆け戻る。

それこそ意味がわからないままセシルが窓から覗いていると、愛馬のヤードから馬車を牽引《けんいん》するためのハーネスを外して鞍《くら》を素早く装着し騎乗した。

そして、ガイと共に走り去っていく。

何が何だかわからないでいると、残ったラーズが馬車のドアを開けて説明してくれた。

「セシル、驚かせてしまい申し訳ありません。どうやらこの先で魔獣が出たらしく、アッシュとガイが対応に向かいました」

「で、でも、ラーズは行かなくていいんですか？」

「私はセシルとここに残ります」

「でも……！」

確かにセシルは攻撃魔法が使えないので魔獣は倒せない。

だが強力な防御魔法——聖域魔法が使えるのだから、役には立てるはずだ。

それなのにラーズを護衛にここに残って、足手まといになっているのがセシルは嫌だった。

「私も向かいます。防御に役立ちますから」

「いいえ。セシルはかなり疲れていらっしゃるでしょう？　魔獣退治なら我々騎士の本業ですから、アッシュたちにお任せいただいて大丈夫ですよ」

「じゃあ、ラーズも向かってください。私がロアとここに残っても大丈夫なのはわかるでしょう？」

「いいえ、それはできません。たとえセシルがどれほど強く自己防衛できようと、女性をひとりで残し、離れるなどできません」

普段のラーズは温厚で何事も当たり障りなくやり過ごす。

それなのに、今は騎士としての使命を全うする強い意思が感じられた。

「やっぱり私は向かいます。ラーズさんはここに残っていればいいんです！」

「それは本末転倒ですよ」

「じゃあ、一緒に行きましょう！」

「……わかりました。その代わり、私と一緒に馬に乗ってもらいます。それでもかまいませんか？」

「乗馬はできます」

「なら、大丈夫ですね」

乗馬は貴族の嗜みとして一応はできる。

あまり上手くはないが、ラーズと一緒なら安心だろう。――ラーズの馬には申し訳ないが。

『セシル、我も行くぞ』

「あ……あの、ロアも一緒に大丈夫ですか？」

「もちろんかまいません。うちの子は強いですからね」

ラーズは自身の愛馬を撫で、鞍を装着する。

セシルは念のために馬車を再度魔法で保護し、ロアを抱き上げげた。

そんなセシルをさらにラーズが抱き上げて鞍へと乗せる。

神官服は幸いなことに一枚布のような上着の下はズボンになっていたので、セシルは気にせず鞍に跨ることができた。

「セシル、飛ばしますのでロアをしっかり抱いていてください」

「はい」

ラーズは器用に鞍の後ろに跨り、セシルを背後から抱えて声をかけると、あっという間に馬を走らせた。

セシルはロアを抱えているのだが、ラーズが後ろからしっかり支えてくれているため、かなり揺れはしたが落馬の不安はない。

（ラーズ、さすがにすごいな……）

見かけ倒しの近衛騎士ではなく、しっかり鍛え実力を伴っていることが乗馬技術だけでもわかる。

そんな近衛騎士を三人もセシルの旅に付き合わせていたことが、逆に申し訳なく思うほどだった。

腕の中のロアは相変わらず耳をぴんと立てていて、魔獣へと意識を向けているようだ。

「ロア、みんなはっ……大丈夫かな？」

『ふむ。あやつらはかなり実力があるようだな。それにセシルの魔法で防御もしているので、怪我を負うことはない』

「そっか、よかった……」

『だが、数がかなり多いようだ。そのせいで、村人を守って苦戦しておるようだな』

「そんな……。今、ここから聖域魔法を展開っ！　できないかな？」

疾走する馬上で話をするのは大変で、舌を噛まないようにセシルはロアに問いかけた。

アッシュたちは魔法で防御していても、この先の村の人たちには先ほどの魔法は届いていないはずなのだ。

見せかけの神子っぽさなど必要ない。

このまま聖域魔法を施せば、とセシルは考えたのだが、ロアに否定される。

『今のセシルには無理だ』

「どうして⁉」

『そなたは自分で思うよりもかなり疲れている。このまま目的地に着いてゆっくり休めば回復するだろうと、そこまで強く言わなんだがな。今、力を放っても、思うようには展開せぬだろう』

先ほど、ロアにネクタムを食べるように勧められた時、遠慮せずに食べておけばよかったのだ。

いつも肌身離さず持っている袋の中のネクタムを思い、セシルは後悔した。

これだけ揺れる馬上でネクタムを取り出しても、落としてしまうかもしれない。

馬を止めてほしいと言えばいいのだろうが、ラーズもやはりアッシュたちに早く合流したい気持ちが痛いほど伝わり、言い出しにくかった。

それでも、とセシルが思った時、ロアがまた心を読んだように励ましてくれる。

『心配せずとも、アッシュは強い。あれだけ強ければ、動物に怖がられるのも当然だろう。それに、我らももう着くぞ』

ロアが話し終えるのと同時に、遠くから低い咆哮《ほうこう》と甲高い悲鳴が聞こえてくる。

「セシル、ロア、失礼します」

断りの言葉よりも早く、ラーズはさらに馬の速度を上げた。

2

ラーズが馬の速度を上げてすぐに見えてきたのは、ロアに聞いて想像していたよりも悪い状況だった。

魔獣の数があまりに多すぎる。

そして、どうやら怪我人が多数いるようだった。

「アッシュ！　ガイ！」

「セシル⁉　なぜここに――」

「危ない！」

セシルがつい声をかけたせいでよそ見をしたアッシュに魔獣が襲いかかる。

だが、アッシュはすぐに防御魔法の一種である盾を展開したようで、魔獣の攻撃を宙で防ぎ、剣ですぐに切り捨てた。

魔獣は「ギャンッ！」とひと鳴きして黒い靄となって消えていく。

馬を止めたラーズに鞍から下ろしてもらったセシルは、ひとまず皆を覆う程度の聖域魔法を展開した。

途端にセシルたちに襲いかかってきた魔獣たちは見えない幕に撥《は》ねつけられたように後方に吹き飛ばされていく。

『セシル、無茶をするでない！』

「これくらいなら大丈夫だよ」

確かにロアの言う通り、かなり疲れているようだ。

これくらいなら、と言いながら、セシルの息は上がっていた。

「セシル！」

聖域魔法が展開されたことを確認したアッシュがセシルへと駆け寄る。

村の人たちは襲いかかる魔獣に「ひいっ！」と悲鳴をあげたが、何もない場所で弾き飛ばされていく様を見て、唖然としていた。

ガイはそんな村人たちに集まるようにと声をかけている。

間違って聖域魔法の外に出ないようにするためだ。

しかし、動けない者もいるらしい。

それが腰を抜かしているだけならいいのだが、大怪我を負っているらしい者も何人か見えた。

セシルは彼らの許へ行こうとして、ロアに裾を噛まれて引き止められる。

『セシル、まずはそなたが回復するべきだ』

「でも――」

『この聖域魔法はいつまで保つ？　まずはこの安全地帯を守らなければならないだろう？』

そうロアに諭されて、セシルはその通りだと気づいた。

今まで全力で施していた聖域魔法と違い、今回のこの小さな聖域は弱々しく長くは保たないとわかる。

「ラーズ！　なぜ来たんだ!?」

「それは――」

「私が強引にお願いしたの！」

アッシュがラーズを責める。

それに慌ててセシルは割って入った。

だが、大きな声を出したせいか、馬に激しく揺られたせいか、セシルはふらりと倒れかかり、アッシュが急ぎ受け止め支える。

「無茶をするな、セシル。やはり相当疲れているんだろう？」

「それは……アッシュたちも一緒でしょう？」

その場に座らされたセシルは、アッシュに問い返した。

しかし、すぐに心配してくれている相手に取る態度ではないと思い直して謝罪とお礼を言う。

「ごめんなさい、アッシュ。支えてくれて、ありがとう」

「いや、かまわないよ。それよりもこれからどうするかだが、魔鳥で応援を呼ぼうと思う。その時間ができたのも、セシルのおかげだ。ありがとう」

「ううん」

お互い何となく気まずくて、ぎこちなくなってしまっていた。

そんなふたりの間にロアがぬっと割り込む。

『セシル、ネクタムを食せ。半分でよい。それから、アッシュたちにも、分ければよいのだ』

「でも……」

セシルが持っているネクタムは三個で、半分ずつ食べたとしても残りは一個になる。

動けないほどの大怪我をしている人は三人いるようで、セシルは迷った。

ガイとラーズは怯える村人たちを宥めながら、応急手当をしているようだ。

『セシル、そなたが回復すれば、治癒魔法であの者たちを治療してやればよい』

「治癒魔法？　そんなのできないよ」

『できる。そなたは我の化膿した傷を治癒してくれたではないか』

治癒魔法はかなり高度な魔法で、魔術師の中でも使える者は数人しかいないらしい。

スレイリー王国では、ふたりしかいなかった。

「でも、あれは病気のようなもので……」

『その後、傷口に薬草を塗り、押さえるために聖域魔法を調節して施したであろう？　あれが治癒魔法であったのに、気づいておらなんだのか？』

「あれが……？」

言われてみれば、植物の病気を治せるのなら、人間の病気も治せる気がしてくる。

しかも、薬草を傷口に当てておくために聖域魔法を調節したつもりだったが、あれが傷を治したと聞いて、セシルは混乱した。

『すっかり衰弱していた我にネクタムは必要ではあったが、傷を治すだけならセシルの魔法で十分だったのだ』

そう告げて、ロアはセシルの肩から下げた袋に顔を突っ込み、ネクタムをひとつ啣《くわ》えて取り出す。

『治癒魔法の扱い方は我が一緒に導いてやろう。だからほれ、これを食べるのだ』

ロアに差し出されたネクタムを、セシルは呆然としながらも受け取った。

ネクタムからロアへ視線を向けると、自信に満ちた笑みが返ってくる。――猫なのに。

その顔を見ると、疑ってしまっている自分が馬鹿らしくなって、セシルは大きく頷いた。

「わかった」

セシルはネクタムに施していた魔法を解いた。

途端に芳醇な香りが鼻腔《びこう》をくすぐる。

「セシル、それは……？」

セシルとロアのやり取りを黙って見ていたアッシュが、ネクタムの香りに驚く。

かまわずセシルは水魔法でネクタムの表面を洗うと皮を剝き、鞄から取り出した折りたたみナイフで器用に切った。

「アッシュ、これを食べてください」

「いや、しかし……」

受け取りながらも戸惑うアッシュに毒ではないと見せるため、セシルはもう一切れを口へ入れた。

その果実の甘さと柔らかさ、口いっぱいに広がる果汁の美味しさに、セシルは状況も忘れて泣きそうになる。

前世で子どもの頃に嫌というほど食べた味——桃そのものの味は懐かしく、郷愁を誘った。

しかし、アッシュの声で現実に引き戻される。

「何だ、これは……」

ネクタムを口に入れたらしいアッシュは目を丸くしていた。

「……聖果《ネクタム》です」

「ネクタム⁉」

驚きの声をあげたアッシュは、はっとして周囲を見回した。

やはりアッシュもネクタムの存在が世間に知られるべきではないと考えているのだろう。

瞬時のその判断に感心しながら、セシルは説明した。

その間も残りのネクタムをアッシュに渡し、自分も食べる。

「残念ながら、これは不老長寿にも不死にもなれませんが、万能薬ではあるそうです」

「万能薬？」

「ええ。だから、体の疲れが取れたと思いませんか？」

『アッシュの魔力も回復しておるぞ』

「ロアが言うには、アッシュの魔力も回復しているそうです」

「ああ、確かにそれは感じるが……」

アッシュはセシルと話しながらも、ちらりと倒れたままの村人の方を見た。

やはりセシルの考えと同じで、重傷者を救いたいと思っているのだろう。

「彼らは……私が治癒します。ですからこれを半分ずつガイとラーズに食べてもらってください」

そう言って、セシルは鞄からもう一個のネクタムを取り出した。

そして魔法を解き、アッシュに託す。

セシルたちが食べたネクタムの種は厳重に魔法で保護して鞄へ仕舞った。

「それでは、お願いします」

セシルは立ち上がると、まだネクタムを持ったままのアッシュを置いてガイの許に走った。

その後ろをロアがついてくる。

「ガイ、この人は私が引き受けますので、ひとまずアッシュの許に行ってください」

「――わかった」

ガイは状況をのみ込めないまでも、セシルの指示にすぐに従ってくれた。

セシルがほっとしたのもつかの間、目の前に横たわる壮年の男性は魔獣の鋭い爪で引き裂かれたのか、肩から腰にかけて斜めに大きな傷が走っている。

傷口からは内臓も損傷していることが見て取れ、セシルは思わず目を閉じた。

だが逃げるわけにはいかない。

ぐっと歯を食いしばって、ロアが怪我していた時のように、傷口に手をかざした。

『セシル、できそうか?』

「……たぶん」

魔法はイメージだ。

この傷をまず化膿しないように、破傷風などの原因になる菌も追い出し、聖域魔法で空間を閉じていくように傷をひとつひとつ閉じるイメージをする。

幸いなことに、セシルの前世の記憶が役に立ってくれた。

体内のことなど普通ならイメージしにくいのだろうが、前世では写真や映像で目にする機会はいくらでもあった。

子どもの頃は『人体図鑑』を読んだし、学校の理科室には怪談につきものの模型もあり、大人になってからはマンガやドラマでそれなりに情報を得ていたのだ。

それだけでなく、自分の魔力が流れて出ていくのを初めて感じていた。

きっと、ロアが言ったように導いてくれているのだろう。

『セシル、もうよいだろう』

ロアに声をかけられ、セシルははっと我に返った。

そして目を見開く。

先ほどまで血に塗れていた大きな裂傷が塞がっているのだ。

出血も無事に止まっているようで、怪我人は呻きながらも目を開けた。

「……おれ……死んで……ない？」

震える手を動かし、お腹あたりを不思議そうに触っている。

ひとまず大丈夫そうだと判断したセシルは、ラーズがいる場所へと向かった。

「ラーズ――」

アッシュの許に戻るようにセシルが言おうとしたところで、ガイがやって来る。

「ラーズ、ここはいいからアッシュの許へ戻ってくれ。それから指示を仰げ」

「……わかりました」

ラーズは一瞬眉を寄せたが、ちらりとセシルを見てから頷き走り去る。

ガイはセシルに向き直ると、その瞳に畏敬の念を滲《にじ》ませていた。

「先ほど処置を交代してくれた人の傷は塞がってたよ。僕は次の重傷者の処置をしてくるね」

「はい。よろしくお願いします」

ガイやラーズが処置をしている者が一番重傷なのだろうとの判断は合っていたようだ。

ガイに答えてから怪我人に向き直ったセシルは、先ほどの男性よりはまだ裂傷が少ない若い男性の背中に手をかざした。

逃げる途中で襲われたのだろう。

おかげで背骨が内臓を守ってはくれたようだが、骨折が酷い。

それでも先ほどよりは出血も少なく、治癒にそれほど時間を要しなかった。

『セシル、次もいけそうか?』

「大丈夫」

ロアが案じているのは、セシルの魔力切れではなく、精神的ダメージを負っているのではないか、だろう。

正直に言えばきついが、そこは前世での視覚的体験が功を奏していた。

もしあのような深い傷を初めて見ていたならショックで何もできなかったかもしれない。

セシルが周囲を見回すと、すでにラーズもアッシュも怪我人の応急処置をしていた。

アッシュはセシルの様子に気づいて、声をかけてくれる。

「セシル、こっちに来てくれ！」

「わかった！」

ロアと一緒に駆けつけると、先ほどの若者と同じ程度の怪我ではあったが、今度は年配の女性だった。

セシルは再びロアに導いてもらいながら治癒魔法を施す。

（どうしてこんなに……）

聖域魔法で守られている外側には、魔獣がまだうろついていた。

一説によると、魔獣は瘴気にあてられた獣が変化したものと言われている。

そのせいか、うろついている魔獣はオオカミやクマに似て見えた。

（あれはイノシシかも……）

女性の傷が塞がると、合流したアッシュの指示にしたがって次々と治癒魔法を施していった。

すると、徐々にセシルひとりでも魔力をコントロールできるようになっていくのを感じる。

「ロア、ありがとう。だいぶ慣れてきたみたい」

『そのようだな。あと数人だが、できるか？　もう治癒魔法を施す必要のある者はいないようだが……』

「怪我した人はみんな治癒するよ」

『そうか』

セシルの魔力に問題はないのだから、軽傷だから治癒しないなどという選択はなかった。

怪我の程度に差はあっても、みんな怖い思いをしたことに違いないのだ。

神官服を着たセシルが魔法をかけるだけで、心が救われることもあるだろう。

それは近衛騎士でも同じらしい。

改めてセシルがあたりを見回せば、アッシュたちに声をかけられている村の人たちは涙を流し感謝していた。

それでも、アッシュたちが笑顔を浮かべながら魔獣を警戒しているのはわかる。

そこに魔鳥が飛んできて、アッシュは手紙を受け取った。

（応援要請についてだと、早すぎるよね……）

セシルは治癒魔法を施しながら、気になってアッシュをちらちら見ていた。

すると、手紙を読んでいたアッシュは皮肉げな表情でかすかに笑う。

それからガイとラーズに何か告げると、ふたりとも驚き、続いて苦笑していた。

「――はい。治療は終わりですけど、他に痛いところはありませんか？」

「い、いえ……いいえ！　あ、ありがとうございます！　ありがとうございます！」

セシルが怪我人の最後のひとりとなった女性に治癒を終えて問いかけると、女性は信じられないとばかりにぼんやり答え、次いではっとして慌てて頭を下げた。

何度も何度もお礼の言葉とともに頭を下げる。

「怪我が他にないのなら、それでいいんです。お気になさらないでください」

女性の手を握って微笑むセシルに、周囲の者たちも襲われたショックから抜け出したのか、お礼を言い始める。

「ありがとうございます！　息子を助けていただいて、本当にありがとうございます！」

「神子様ですよね⁉　まさか魔法で治療してくださるなんて！」

「騎士様も助けていただき、ありがとうございます！」

「神子様、本当にありがとうございます！　もうダメかと思いましたが、まさかこのように生き延び、再び歩けるとは……」

一番初めに治癒した壮年の男性が歩いてセシルの許へやってくると、その場に膝をついて頭を下げる。

「頭を上げてください！」

セシルは焦って男性の肩に触れ、起き上がるよう促した。

セシルが展開した小さな聖域内は騒然としたが、そこにアッシュが手を叩いて注目を集める。

「皆、突然の魔獣襲来で大変な思いをしただろう。本来なら我々があなたたちにこのような思いをさせないよう防ぐべきだったのだが、駆けつけるのが遅くなり申し訳なかった」

「私たちは騎士様のおかげで助かったんです！」

「謝罪の必要はありません！」

アッシュの謝罪の言葉に、村人たちは驚き慌てふためく。

しかし、アッシュはゆっくり首を横に振った。

「その言葉も、神子様の治癒魔法のおかげで全員が無事だったから言えるのだ。あと少しでも遅ければ、死者が出る惨事になっていただろう。そして今もまだ、解決できたわけではない」

聖域魔法の外側では、まるで人間たちが出てくるのを待つように魔獣たちがうろうろしている。

しかも先ほどより数が増えているようだ。

『魔は魔を招《よ》ぶからな』

「そうなの⁉」

『正確には血で血を招ぶと言うべきか。あれだけ怪我人がいたのだから、流れた血に惹かれて数が増えるのも仕方ない。とはいえ、このあたりに棲息《せいそく》する魔獣はずいぶん多いな』

ロアの話を聞いて、セシルはこの状況を打開する方法を必死に考えた。

今なら聖域魔法の範囲を広げることはできるので、村人たちの居住区から畑までを守ることはできる。

「……この集まっている魔獣たちは、このまま入ってこれなかったらどうするのかな？　解散とかになる？」

「魔獣は一度狙いを定めると、仕留めるまで執拗に襲ってくる」

「え……」

セシルのロアへの問いかけに答えてくれたのは、アッシュだった。

その内容に村人たちが恐怖して青ざめる。

「じゃあ、全部倒すまでこのせ……防御魔法の外には出られないってこと？」

「そうなるな」

セシルは『聖域魔法』と言おうとして、言い直した。

今は〝神子〟として活動しているので、『聖域魔法』だと知られてもいいのだが、万能魔法だと勘違いされるおそれもある。

そこでアッシュたちと相談して、防御魔法で通すことにしているのだ。

「まあ、そこまで悲観せずとも、我々が全部倒せばいいだけだからな」

「あれだけの数だよ⁉　それに、まだ増えるかもしれないのに？」

アッシュがさらりと言ってのけたことに、セシルは驚いた。

魔獣はざっと見ても三十匹近くいる。

その時、セシルは名案を思いついた。

「そうだ！　防御魔法を檻のようにして、魔獣を閉じ込めるのはどうかな？　それで、閉じ込めた魔獣に治癒魔法を施して、瘴気を追い出せば、普通の動物に戻るでしょう？」

セシルが顔を輝かせて提案すれば、
ロアが首を傾げて言う。

『魔獣は魔獣であり、動物とは関係ないぞ？』

どうやら、魔獣にまつわる一説は間違っていたらしかった。

『魔獣というものは、元は目に見えない小さな悪意の塊のようなもので、それを〝魔〟と呼ぶ。それが瘴気を取り込むことによって形を成し、さらに大きく膨らむと意思を持って獣となる。野の動物の姿に似たものが多いのも、強い力を持つものへ形を寄せているだけだろう。ひょっとすれば、人間に似た魔獣もおるかもしれんな』

「人間に似た魔獣……？」

「……以前、人型の魔獣に対峙したことがある」

『そうか。すでにおったか』

ロアが魔獣について説明してくれた内容は初めて知ることばかりだった。

しかも人型にもなれるなどセシルには驚きしかなく、思わず口をついて出たのだが、すでにアッシュたちは遭遇していたらしい。

言葉を失うセシルとは違って、ロアは何てこともないように笑う。

『魔獣はあくまでも魔獣だ。形がどうであれ、悪意でしかない。だから本能で襲いかかってくるだけで、人間を食すわけでもない。ただの遊び、狩りだな』

淡々と告げるロアに、セシルは目を向けることができなかった。

ロアを傷つけた者もまた、狩猟という名の遊びだったのだろうと想像できたからだ。

「さて。時間はかかるが、一体一体退治していくしかないか」

「応援が来るまで、まだ時間がかかりそうですからね」

「ちょっと中央は対応が遅いよねぇ」

考えに耽《ふけ》っていたセシルは、アッシュたちの会話にはっと我に返った。

アッシュたちには聖域魔法を施しているので魔獣に傷つけられることはない。

ネクタムも食べているので魔力体力ともに問題はないだろう。

それでも、たった三人であれだけの魔獣を相手にするのは精神がすり減るのではないだろうか。

(さっきは話が流れちゃったけれど、やっぱり魔獣を檻のようなものに閉じ込められたら……でも、結局は退治しないといけないわけで……)

セシルはうろうろしている魔獣を見て顔をしかめた。

村の人たちは神子の力で魔獣から守られているとわかってはいても、不安そうにしている。

（そういえば、魔獣は血に引き寄せられるって言ってたな……）

ロアの言葉を思い出したセシルは、自分を見下ろした。

たくさん出血した人に接したのだが、自分に施している聖域魔法のおかげで真っ白な神官服に汚れはない。

だが、怪我をした人も、その場に横たわっていた地面も血に汚れたまま。

そこでふと疑問が浮かんだが、それは後で考えればいいとセシルはロアに問いかけた。

「……ロア、ひとまずこの中だけでも浄化したほうがいいかな？」

『なるほど。それはよい考えだ』

ロアに相談するとひとつ返事で肯定してくれた。

セシルは頷くと、村の人たちによく見えるように進み出て、また祈りを捧げるように両手を組んで小さく歌った。――今度はシャボン玉が壊れて消えているが。

ただの浄化魔法ではあったが、ロアもセシルの意図を汲んでまた光の演出をしてくれる。

途端に村の人たちから歓声があがり、怪我人の衣服に付着した血はもちろん、聖域内の地面に染みた血までが綺麗に消えていった。

「セシル！　やはりセシルはすごいな」

アッシュやガイ、ラーズが感嘆して褒めてくれたが、セシルは近づいてきた三人にこっそり言った。

「ただの浄化魔法だけどね。でも、みんなが少しでも元気になってくれるかなって思って、神子っぽくしてみたのは正解だったみたい」

悪戯が成功したように笑うセシルを、アッシュは目を細めて見ていた。

「セシルの作戦成功だね」

「ああ。皆、笑顔になっています」

ガイとラーズの言う通り、村の人たちは顔を輝かせている。

その中で小さな女の子が、ロアが演出してくれた降り注ぐ光の残照を受け止めようとスカートを持ち上げていた。

それを見たセシルは、あるアイデアが思い浮かんだ。

(聖域魔法で悪意あるものは中へ入ってこれないようにできるんだから、服みたいに裏返せたらいいんじゃないかな?)

セシルにとって、魔法はイメージだ。

自分を保護するために覆っている魔法の幕をずるずると引っ張って伸ばし、風呂敷のように広げて包めば、檻ができあがるのではないだろうか。

悪意あるものが中へ入ってこれない幕を裏返せば、中から外へ出られない幕になる。

「ロア、ありがとう。すごく効果があったみたい」

セシルはロアを抱きしめて光の演出をしてくれたお礼を言うと、アッシュたちに向き直った。

「……アッシュとガイは、私たちが来る前に何体もの魔獣を倒したんだよね？」

「――ああ、そうだ」

「それって……みんな死んだの？」

「死んだのだろう。剣や攻撃魔法で致命傷を負っただろう魔獣は霧散するんだ」

「霧散？」

「黒い霧のようになってやがて消えていく」

「それって、瘴気かな？　ロアは魔獣は小さな悪意の塊が瘴気を吸収して魔獣に変化するって言ってたけど……」

セシルの問いに、アッシュは一瞬ためらいはしたが、すぐに淡々と答えてくれた。

それを聞いていたロアが口を挟む。

『セシル、心配には及ばん。一度霧散した瘴気が再び形作ることはない。そのまま無に帰すだけだ』

「そっか……。それで、魔獣の死体はないんだね」

浄化魔法を施す前に、魔獣の死体がまったくないことを疑問に思っていたのだ。

ひょっとして、魔獣が強すぎてまだ一体も倒せていない、という可能性も考えた。

しかし、アッシュの魔力ならそれもないはずだった。

（魔獣が瘴気の集合体のようなもので、無に帰すなら……）

攻撃魔法を扱えないセシルにもできることがある。

もし予想と違ったらと怖くはあるが、その時はアッシュたちに頼ろうと決めた。

「あのね、ロアはこの聖域魔法を保つことはできる？」

『……可能だが、セシルはどうするつもりだ？』

「私はちょっと、ここから外に出てみようと思う」

『どういうことだ？』

「檻が作れると思うの。それで、すごく危険だけど、アッシュたちに協力してほしいんだ」

「危険なのはこの任務についた時から……いや、騎士を目指した時点で覚悟は決めている。我々のことは気にしないでいい」

アッシュの頼もしい言葉に、ガイもラーズも当然とばかりに頷いた。

ロアは不満げにしっぽを振って問いかけてくる。

『檻を作るとはどうやるつもりだ？』

「私の聖域魔法は悪意を持ったものは入れないけど、出ることはできるでしょう？　それを逆にして、入ることはできるけど出れないようにするつもり」

『逆とは？』

「魔法の展開を裏返すの」

『そんなこと……今までやってのけた者はいないぞ？　そもそも、そんな発想もなかったはずだ』

「まあ、何事にも初めというのはあるものだし、できるかどうかわからないなら、まずはやってみたいんだよね」

あっけらかんとセシルが言うと、ロアは何とも言えない微妙な表情になった。

相変わらず猫なのに表情豊かだなと、セシルはどうでもいいことを考える。

アッシュたちは聖域魔法については何もわからないので、発言を控えていたようだが、最終的にアッシュが口を挟んだ。

「我々がセシルを守るよ。そもそもセシルの魔法に守られているおかげで、怪我をすることもないんだ」

「ありがとう、アッシュ。ガイもラーズも、よろしくね。まずは私が囮《おとり》として、この聖域から出るから――」

「ちょ、ちょっと待ってくれ。囮？　セシルが？」

「うん。だって、魔獣をひとまず集めないとダメでしょう？」

今、セシルがこの村で施した聖域魔法は四方をどうにか視界に収められる程度の広さである。

その周囲をうろついている魔獣を一か所に集めなければならないのだ。

檻としての反転聖域魔法がどれくらい広域に展開できるかわからないうえに、失敗するかもしれない。

とはいえ、セシルは自身にも魔法をかけているので、怪我をすることはないはずだった。

しかし、それはらすべて予想であり、初めての試みで想定外のことも起こりうる。

「檻を作っても、その中に魔獣が入ってきてくれないと意味がないでしょう？　私なら襲われても怪我はしないはずだし……何なら、魔獣を引き寄せるために少しくらい血を流してもいい――」

「ダメだ！」

『ダメだ』

「ダメです！」

「ダメだよ！」

セシルの作戦を皆は黙って聞いていたが、出血に関しては勢いよく反対した。

手っ取り早いと思ったが、アッシュたちが同じことをすると聞いたらセシルも反対しただろう。

そのため、そこは素直に引き下がった。

「セシルが囮となるのなら、僕も同様に囮になります」

「では、私はセシルの傍で髪の毛一本触れさせないよう守り抜くから、ガイとラーズはあちらとあちらから出て、檻へと魔獣を引きつけてくれ」

アッシュが左右を指し示し、ガイとラーズが了承する。

ロアは変わらず不満そうにしっぽを揺らしていたが、セシルに従って聖域内にとどまるつもりらしい。

セシルやアッシュたちがあれこれ話している間、村人たちは集まって遠巻きに見ていたが、その顔には不安よりも期待が浮かんでいた。

「じゃあ、僕はあっちから出るね」

「私は反対側から出ます」

「ガイ、ラーズ、気をつけてね」

「セシルもお気をつけて」

「まあ、アッシュがいるから大丈夫だよね～」

セシルの作戦通りにガイとラーズはそれぞれ魔獣が多い場所へと向かい、その背に声をかければ、笑顔で返される。

「ロア、ちょっと頑張ってくるね」

『無理はするな』

「わかった」

ロアはやはり不満ながらもセシルを止めることはなかった。

セシルは屈んでロアをもしゃもしゃっと撫でてから立ち上がる。

すっかり乱れた毛並みをロアはつくろうことなく、しっぽを気高くピンと立てて、村人たちの方へ歩いていった。

「ねこちゃんだー！」

近づいてくるロアを見て、村の子どもたちが嬉しそうに声をあげて駆け寄る。

おそらくこれからもみくちゃにされるだろうことを考えれば、毛づくろいをしなかった理由もわかった。

「じゃあ、行こう」

「ああ」

ロアに皆が気を取られている隙に、セシルたちは聖域魔法の外へと向かった。

大人たちはともかく、子どもたちを不安にさせたくない。

だからこそ、ロアは子どもたちの遊び相手をしてくれるつもりなのだろう。

（もふもふしてるだけで、リラックスできるしね）

セシルが家族と離れてここまで頑張っていられたのも、ロアが常に傍にいてくれたからだ。

そして、アッシュとガイ、ラーズが気遣い支えてくれているからである。

いきなり多くの魔獣に対して、初めての魔法を試そうと挑戦できるのも、セシルがみんなに絶大な信頼を寄せているからだった。

ふわりとした感覚がセシルの体を通り抜ける。

聖域魔法の範囲外に出る時にいつも感じるもので、そこからセシルはアッシュと急いで建物の陰に隠れた。

魔獣から姿を隠すためではなく、村の人たちに見られないためである。

「アッシュ、ごめんね。しばらくお願い」

「謝罪でなく、後で礼をくれ」

「わかった」

さっそく魔獣が襲いかかろうと近づいてくるのを見てセシルが謝罪すれば、アッシュは余裕の笑みを浮かべて答えた。

セシルもにっこり笑ってから聖域魔法を反転させることに集中する。

いつもは空から蚊帳を吊《つ》るして広げるようなイメージをするのだが、今回はまず自分の足下から四方に風呂敷を広げ、裏返しに包むイメージをした。

その間もアッシュはセシルを守るために飛びかかる魔獣を切り捨て、攻撃魔法を放つ。

「たぶん、できた」

ポツリと呟いたセシルは、テニスコートくらいの大きさの檻の中心で、小さな東屋のような聖域魔法を展開した。

途端に魔獣は壁にぶつかったようにセシルとアッシュに近寄れなくなる。

そこへ魔獣に追いかけられるように走ってくるガイとラーズを迎え入れた。

「……無事に成功したようだな」

「うん」

「でも、かなりシュールだよね、これ」

「……うん」

「これからどうするんです？」

「とりあえず、このまま私たちは檻を出ようと思う」

魔獣は大きな聖域に守られた村人たちよりセシルたちの方へ狙い定めたのか、どんどん檻の中に集まってきたのはいいが、今はいっぱいになって身動きが取れなくなっていた。

ガイの言う通り、その姿はかなりシュールである。

セシルたちが離れることなく聖域魔法で守られながら檻から出ると、わずかに残っていた魔獣が襲いかかってきた。

それをガイとラーズは器用にかわすと、勢いのまま魔獣は檻へ閉じ込められていく。

セシルに襲いかかる魔獣はアッシュが切り捨ててくれた。

一撃必殺という言葉がアッシュにはぴったりのようで、すべての魔獣が黒い霧のように形を崩して消える。

やがて近辺をうろつく魔獣はすべて檻へと閉じ込めることができたのだった。

3

『すごいな、セシル。成功したのか！』

「ありがとう、ロア」

　珍しく興奮した様子でロアが駆けつけた。

　村の人たちはまだ中心部に集まっており、何が起こっているのかわからないまま、指示を待っているようだ。

　彼らにもう大丈夫だと伝える前に、この檻いっぱいの魔獣を片付けなければならない。

「このまま我々が始末してもいいが、応援が来るまで待つか？」

「確かに、セシルが聖域魔法だけでなく、こんな……反転魔法を使えるなんて口で言っても誰も信じないだろうしねえ」

　アッシュが檻の中で蠢《うごめ》く魔獣を見ながらセシルに問いかけると、ガイがうんうん頷きながら答えた。

　セシルとしては特に反転魔法について誰かに知らせたいわけではなかったので、少し考えてから口を開く。

「その、『反転魔法』については、今は特に知らせる必要はないと思う。今回は大量発生した魔獣を一気に捕まえたかっただけだし、それよりも……」

言いかけたセシルはわずかにためらって、ロアを抱き上げた。

ちょっとしたロアの重さともふもふの感触、ほんのりとした甘い香りに安心する。

「……ロアが言うようにこの魔獣たちが瘴気の集合体なら、剣や魔法の攻撃じゃなくても消せるんじゃないかって思ってて……試してもいいかな？」

「それはもちろんかまわないが……」

『何をする気なのだ？』

「浄化魔法を試してみようと思う」

「浄化魔法!?」

突飛な提案だとわかってはいたので、口にするのに勇気がいったが、檻が完成した今は試しても損はないのだ。

だが、さすがに攻撃をせずに魔獣を消すと聞いて、アッシュも皆も戸惑っていた。

おそらく皆が疑問に思ったのだろうが、実際に問いかけてきたのはロアで、その言葉はわからなくても、セシルが答えたことで皆が驚きの声をあげる。

「セシル、浄化魔法ってあの……いろいろ綺麗にする浄化魔法？」

「うん」

「セシルが先ほど聖域内で使った、あの浄化魔法だよな？」

「うん」

「キラキラしていましたね」

「光っていたのはロアの演出だよ」

アッシュやガイ、ラーズが信じられないとばかりに言い、セシルは苦笑しつつ答えた。

「だが、あれほどの広範囲を一気に浄化するのは至難の業だろう」

さらにアッシュが口にした言葉を聞いて、セシルも確かに、と思う。

怪我をしていたロアを見つけた時、傷口を綺麗にできないことが悔やまれて、村に戻ってから母に浄化魔法を教えてもらったのだ。

（小さい頃にできなくて練習が嫌で投げ出していたままだったけど……）

王太子の婚約者になってからは、練習できる雰囲気でもなくそのままになっていた。

それが追放されて必要性を感じてから練習を始め、あっという間に使えるようになったのだ。

先ほども何も考えず、聖域内全体に浄化魔法を施したが、普通にできることではない気がする。

「ひょっとして私……魔力が高くなってる？」

セシルがぽつりと呟くと、ロアやアッシュたちみんなが噴き出した。

「今さら⁉」

『セシル、他人の魔力はわかるようになったのに、自分の魔力はわからなかったのか……』

「気にしてなかったっていうか、聖域魔法が使えるだけで満足してたっていうか……」

アッシュたちは笑いを堪え、ロアは呆れたように言う。

恥ずかしくなったセシルは言い訳めいたことを口にしたが、今はそれどころではないと思い直した。

「えっと、それではひとまず試してみるね」

『ふむ。物は試しだからな』

「なんだかセシルならできる気がするな……」

「ほんと、それだよねー」

檻に向き直ったセシルは、暴れている魔獣たちを目にしてわずかに怯んだ。

そんなセシルの耳に、呑気なロアやアッシュとガイの声が聞こえ、体から力が抜けた。

アッシュたちはいざとなれば自分たちが魔獣を退治するつもりなのだ。

それは、セシルに期待していないのではなく、後始末はいくらでもするという気概である。

そんな彼らだからこそ、セシルは心置きなく好きにすることができた。

「では……」

今度は歌も光もなく、ただ目を閉じてイメージするだけ。

頭の中で魔獣の形をした瘴気を清めて昇華させていく。

(でも、そもそも瘴気って何なんだろう？　聖獣が留守にしてしまったから発生するようになったのかな？　だとしたら、聖獣は恵みを与えてくれるだけじゃなくて、大地を綺麗にしてくれてるのかな？）

浄化魔法を使うことに意識を集中したいのだが、どうしても余計なことを考えてしまう。

それでもセシルは器用に檻の中を浄化していったようだ。

「魔獣が……」

「消えていっている……！」

『すごいぞ、セシル！』

「攻撃魔法ではないのに……？」

ロアやアッシュたちの声に反応してセシルが目を開けると、檻の中は黒い靄に包まれていた。

形が残っているものでも、もう凶悪な咆哮をあげることはなく、次第に輪郭がぼやけていく。

セシル自身驚きながらも、浄化魔法を施し続けた。

ただ、檻はやはり機能しているらしく、黒い靄は行き場がないせいかなかなか消えない。

「ロア、これって解き放ってもいいのかな？　それとも最後まで浄化する？」

『解き放てばやがて消えるだろうが、できれば浄化したほうが間違いないだろう』

「じゃあ、もう少し頑張るね」

アッシュたちのように攻撃で魔獣を倒すと、霧散して消えたように見えるが、本当は時間をかけて消えるらしい。

それを聞いて、セシルの頭の中では前世で学んだ水が循環する仕組みが思い浮かび、再び瘴気とならないように完全に消してしまいたかった。

そこに、ロアとの会話を察したらしいアッシュが口を開く。

「セシル、よければ私にさせてくれないか？」

「え？」

「私もセシルほど強力ではないが、浄化魔法は使える。セシル以外の者の浄化魔法でも魔獣が消せるかどうか知りたいんだ」

「わかった」

騎士たちは今回のような遠征などがあるため、浄化魔法を扱える者が多い。

身の回りのことはもちろん、ちょっとした傷も清潔に保てれば化膿することも減るからだ。

セシルが一歩後退して浄化の手を止めると、アッシュが檻の中へ浄化魔法を施した。

すると、セシルの時と同様に黒い霧が消えていく。

「できたね！」

しばらくして檻の中の黒い霧が完全に晴れると、セシルが喜びの声をあげた。

しかし、アッシュは苦笑する。

浄化魔法が魔獣に対して有効なら、対抗できる人が増えるのではないかと喜んだセシルに、ガイが説明してくれた。

「これはすごい発見だけど、セシル以外には使えないねえ」

「どうして？」

「まずは魔獣を無力化しなければならないからな」

「あ……」

「魔獣は凶暴だからな。襲いかかってくる魔獣に対し、冷静に浄化魔法を放てる者は少ないだろう」

「それはそうだね……」

それほど度胸のある人など、剣で戦えるだろう。

攻撃魔法も遠くから放つことが多く、接近戦で扱える者は少ないらしい。

（アッシュはガンガン攻撃魔法を放ってたけど、さすがだよね……）

今回のようにセシルが各地に檻を仕掛けることはできても、囮がいなければ魔獣も檻に入らない。

（野生動物だと、獣道に仕掛けたりとかできるんだろうけど、魔獣は神出鬼没って言われているくらいだから……）

そこまで考えて、セシルは新たな疑問が浮かんだ。

「そもそも、どうしてこの村に大量の魔獣が発生したんだろう？」

「ああ、それはなあ……」

嫌そうに言いかけて、アッシュはガイとラーズをちらりと見た。

それから深いため息を吐く。

「ひとまず、皆の許に戻ろう。何がどうなっているのか、彼らは心配しているだろうから。その後に説明するよ」

「……わかった」

それほど言いにくいことなのか、話が長くなるのか、どちらにしろ悪い事態になっているらしい。

そう悟ったセシルは素直に頷き、黙ったままのロアと一緒に村の人たちの元へと戻っていった。

第八章　故国王家の愚行

1

「神子様、ご無事でしたか！」

「ああ、騎士様……よかった！」

「皆様。ご無事で何よりです！」

セシルたちが村の中心部に戻ると、皆から安堵の声があがった。

子どもたちはぽかんとしているが、やはり大人たちはセシルたちが魔獣に対峙していることに気づいていたのだろう。

特にガイやラーズの無事を涙して喜ぶ人もいることから、ふたりが魔獣に追いかけられているところを見られたようだ。

正確には追いかけさせていたのだが、その説明は省き、アッシュがこの近辺の魔獣をすべて退治したことを告げた。

「今回は新たな方法で魔獣退治に挑んだため、皆には心配をかけたと思う。また、今後の心配もあるだろうが、神子様が畑を含めた村全体に防御魔法を施してくださるとのことだ。よって、村から出ぬ限りは安心して過ごせるだろう」

その言葉に村人たちは喜びと安堵に沸いた。

だが、アッシュの話は終わりではなく、まだ続く。

「残念ながら、喜ぶのはまだ早い」

その一言で、その場は途端に静まり返る。

「先ほども申した通り、村から出ない限りは安全だ。しかし、神子様が施してくださった防御魔法の外側——隣村への街道などは、魔獣が頻繁に出没することになるかもしれない。そのため、今しばらくは不便を耐えてくれ。しかし、悲観することはない。これから神子様が国王陛下とともにこの不測の事態を収束すべく力を尽くしてくださる」

かすかに不安の表情に戻った村人たちだったが、最後には再び笑顔を浮かべてセシルに頭を下げた。

「どうかよろしくお願いします！」

そう何度も言われても、セシルは何を返せばいいのかわからなかった。

アッシュの言葉はいつも以上に〝神子様〟を強調していた。

そのことにセシルは恥ずかしさよりも違和感を覚える。

その理由を、セシルは村長の家で聞かされることになったのだった。

熱狂的にセシルを崇拝する村の人たちに懇願されて、この日は村に泊まることになった。

しかも、この村――サイ村で一番広い家でゆっくり休んでほしいからと、セシルたちの滞在に村長の家を明け渡したのだ。

もちろん遠慮したが、押し問答が続きそうで、結局はセシルたちが折れた。

そして、後で食事をお持ちしますと言い残して村長たちが去ると始めたアッシュの話は、魔鳥が届けた手紙の内容だった。

「――スレイリー王家が城を放棄した？　え？　王城を放棄？　国王陛下も？」

あまりにも衝撃的すぎる情報に、セシルは二度訊き返してしまった。

そんなセシルにアッシュは辛抱強く答えてくれる。

「ああ。国王陛下夫妻、マクシム王太子殿下、他主だった貴族は皆、メイデン伯爵領の西側に位置するセーテンの街まで避難し、そこを仮の王都としているらしい」

『なるほどな……』

唖然とするセシルと違って、ロアは何かわかったのか納得したようだった。

セーテンの街はマクシム王太子と恋仲らしいアリーネの父親であるウェリンゼ公爵の領地のひとつにある。

「ロア、何がわかったの？　どういうこと？」

『王都近くの〝聖なる森〟の瘴気がいよいよ抑えられなくなったのだろう』

「聖なる森の瘴気が⁉」

『ああ。それだけ魔獣が増える。そのナントカという街を仮の都としたのも、セシルの施した聖域魔法で守られている土地を盾にできるからな』

「伯爵領を盾に……。でも、伯爵領に土足で踏み込まれるよりは……」

大切な伯爵領を盾にされるのは腹立つが、王家や威張り散らした貴族たちが領地を王都としなかっただけ良しと思うべきだろう。

そう考えて怒りを収めようとしたセシルに、ロアがにやりと笑って言う。

『セシル、王家の者は伯爵領に入らなかったのではない。入れなかったのだ』

「え?」

『悪意を持った者は入れぬだろう?』

「あ……」

ロアに指摘されて、セシルはそうだったと思い出した。

当時はここまでの想定はしていなかったのだ。

「じゃあ、王家の方々は伯爵領に対して悪意を持っていたってこと……」

セシルがぞっとして呟くと、ガイが反応した。

「あー、そっか。大量発生した魔獣から逃れるために、本当はセシルの聖域魔法で守られたメイデン伯爵領で暮らしたいんだろうね」

「スレイリー王国にそれほどの魔獣が大量発生しているんですか？」

「ああ。先ほど王宮から届いた知らせによると、そのせいでスレイリー王国から多数の民が逃れてきているらしく、その対応に追われているらしい。また民だけでなく、魔獣までもがこの国にも流れてきているため、北側の国境沿いを中心に軍を配備しているようだ。だが、このあたりは対応が遅れていたために、包囲網を逃れた魔獣たちが集まってきたのだろう」

「南部はタチハ村を起点として、セシルが聖域魔法を展開してくれましたからね。この村はちょうどセシルの聖域魔法と軍の警戒が届く範囲から漏れてしまい穴になっていたのでしょう」

「それで……」

あれほどの個体数の魔獣がなぜこの村に集まったのか不思議だったが、アッシュとラーズの説明を聞いて納得はした。

だが、この国は守られても、スレイリー王国の人たちは大量発生した魔獣によって多くの被害を出しているのではないだろうか。

セシルはかすかにためらったが、ごくりと唾を飲み込んで膝の上のロアに声をかけた。

「ロアは……あの王都近くの〝聖なる森〟で矢を射かけられたんだよね？　それもたぶん、王族かそれに従う貴族たちの誰かに……」

セシルの話を聞いて、アッシュたちは息をのんだ。

聖なる森で狩りを行うなど禁忌であるうえ、白い動物を射るなど聖獣や神への冒涜《ぼうとく》でしかない。

その話が事実だとすれば、この世界から聖獣が姿を消したのも、瘴気が溢れ出したのも自業自得なのだ。

それがまさか、王家の人間がそのような愚行で国どころか世界を窮地に陥れたなど信じられなかった。

しかも当人たちは、さっさと都を――民を捨てて逃げ出したのだから。

アッシュたちは、ロアの反応を窺ったが何もない。

だが、セシルはかまわず続けた。

「ロア、私……できるかわからないけど……それでも、スレイリー王都近くの〝聖なる森〟の瘴気を浄化したい」

「セシル、それはさすがに神子であるあなたでも危険だ」

思わずアッシュは止めに入った。

スレイリー王家直属の魔術師たちが数人がかりでも抑えられなかった瘴気を抑えるなど、たとえ神子でも無謀に思えたのだ。

しかし、セシルは首を横に振る。

「今、この時もスレイリーの民の多くが危険にさらされているんだよ？　しかもこの国や世界中に被害が及んでいるのに、神子でもそうでなくても、守れる力のある私が何もしないではいられないよ。それに本当は私、ロアが王都近くの聖なる森で矢を射られたんじゃないかって、それがスレイリー王家の誰かじゃないかってわかってた。それなのに怖くて認めたくなくて、今まで言い出せなかったの。ロア、ごめんなさい……」

自分の膝に向けて頭を下げるのも変な姿だが、セシルはロアに向かって謝罪した。

するとロアはとんっと膝から下りてセシルの正面に立つ。

『セシルが謝罪する必要はない。この世にはすべて定めがあるのだ』

「でも……」

『もたもたしている時間はないのであろう？　行くぞ』

「一緒に行ってくれるの？」

『我はセシルの傍におる』

「ありがとう、ロア！」

許してくれなくてもいい、許してほしいとも思っていないが、ロアがセシルを受け入れてくれることが嬉しかった。

膝をついてロアを抱きしめ、そのまま立ち上がる。

アッシュたちは黙って見ていたが、セシルの言葉からいろいろと察したらしい。

「セシル、スレイリー王国へ行くつもりなら、我々も連れて行ってほしい」

「でも……」

「もちろん、我々の立場では隣国に無断で立ち入ることはできない。だが、そのあたりの交渉は我々の得意とするところだから任せてくれないか？　スレイリー王国を追放されたセシルの立場も悪いようにはしない」

「そうだよ、セシル。アッシュは交渉術にも長けてるからね」

セシルがためらったのは危険だからだったが、それはお互い同じ気持ちだろう。

それにアッシュたちなら魔獣に対峙する実力も伴っており、セシルの聖域魔法で守られてもいるのだ。

アッシュと同様にガイもラーズも引きそうになく、ここで渋って時間を無駄にするよりも、さっさと向かったほうがいい。

「それじゃ、お言葉に甘えるね。よろしくお願いします」

セシルがアッシュたちに頭を下げると、抱かれたままのロアがふにゃっと鳴いた。

微妙に押しつぶされて不満だったようだ。

「ごめん、ロア」

『次からは気をつけてくれ』

いつもより高飛車な言い方が、ロアなりにセシルを励まそうとしているように聞こえた。

セシルがふふっと笑うと肩から力が抜ける。

そんなセシルをアッシュたちは優しく見守っていた。

2

セシルの気持ちは急いていたが、その日は予定通り村に泊まることにしたため、話し合う時間はたっぷりあり、これからのことを四人とロアとで話し合った。

まずは大規模農場への進路を変更して国境となっている山沿いに北上し、スレイリー王都に直接繋がる街道を進む。

その間に、魔鳥でリーステッド王宮と連絡を取り、その後にスレイリー王家と交渉する。

瘴気の発生する〝聖なる森〟を浄化するのだと伝えれば、問題なく交渉は進むだろう。

ただ、話し合う内容はそれだけではなかった。

セシルがアッシュたちに与えた〝ネクタム〟についてだ。

「――セシル、ネクタムはあといくつ残っているんだ？」

セシルが怪我をしたロアを見つけた経緯とネクタムの実る聖園について話すと、アッシュがそう訊ねた。

「私はあとひとつ。父にふたつ預けているよ」

「そうか……。それで、ジョージ殿はネクタムについて何と言っていた？」

「秘密にするべきだって。安易に口にするものではないからって、ふたつもなかなか受け取ってくれなかった」

「私もジョージ殿に賛成だな。これは世間に知られるべきではない。よって、ネクタムについては国王陛下にも報告はしないつもりだ」

父の言葉を伝えると、アッシュは頷いて同意した。

その内容にセシルは目を丸くする。

国王陛下にまで秘密にするのは、忠誠の誓いを破ることになるのではないか。

心配してガイとラーズを見れば、セシルの視線に気づいたふたりは微笑んだ。

「僕はアッシュが決めたことなら従うよ」

「私もアッシュの判断に従います」

国王陛下よりもアッシュを選ぶふたりにもセシルは驚いた。

「秘密を知る者はできる限り少ないほうがいい。もしネクタムの存在が漏れ、噂にでもなれば、多くの者が力づくで奪いにくるだろう。また聖園を求めてタチハ村を荒らされる心配もある。神子しか入れぬと知っていたとしても、欲に溺れた人間は愚かだからな。セシルが狙われる可能性もまた高くなる」

「……ありがとう」

国王陛下への忠誠よりセシルの安全を優先させてくれたことに、セシルはお礼を言った。

だが、アッシュは首を横に振る。

「これは我々のためでもあるんだ。ネクタムを巡って戦争が起こってもおかしくはないからな」

「……そうだね」

もっともな言葉にセシルが同調すると、ロアが『ふむ』と頷いて口を開いた。

『そなたらはネクタムを――聖園を守ろうとしてくれておるのだな。ありがたいことだ。だから伝えておくが、聖園はあの村にあるわけではないぞ。たまたまセシルがあの村にいたからあの場に姿を現しただけで我以外にもセシルが望めばどこでも聖園への霧は晴れる』

「私でも？」

『うむ。よって、窮地に望めばネクタムはいくらでも手に入るぞ』

「それは……知られない方がいいと思う」

『だが、我がセシルたちには知らせたいのだ。秘密だけでなく、森を守ろうとしてくれているからな』

「――ありがとう、ロア」

セシルは膝の上のロアを抱き上げ、その柔らかな毛に顔をうずめた。

それから顔を上げ、アッシュたちに告げる。

「聖園への入口はタチハ村だけじゃなくて私が望んでもいつでも開かれるって。だから、困った時にはいつでもネクタムを採っていいって言ってくれたの」

「なんとまあ……」

「ありがとう、ロア」

珍しくラーズが驚きの声をあげ、次いでアッシュがお礼を言いながらロアへと手を伸ばした。

しかし、当然ながらしっぽでぺしりと叩かれる。

「ダメですよ、アッシュ。ロアは気高き存在なんだから、気軽に触れては」

言いながら、ガイはロアを撫でた。

そのお決まりのやり取りに一同は笑い、ロアは満足そうにしっぽを揺らす。

そうこうしているうちに、村の人たちが精一杯のもてなしの料理を運んできてくれ、結局は大勢で食事をとることになったのだった。


翌日。

サイ村を発つ時にはまた大変だった。

セシルはもちろん、魔獣に襲われた時に急ぎ駆け付けたアッシュやガイ、ラーズも皆に感謝され、別れを惜しまれたのだ。

子どもたちは特にロアと離れがたかったようで、懸命に手を振りながら見送ってくれた。

中にはアルによく似た子もおり、セシルもまた寂しく思いつつ、冷や冷やしてもいた。走り追いかけてくる子どもたちが間違って聖域魔法の境界を越えてしまわないか心配になったのだ。

ちなみに馬車は昨日のうちにラーズが村まで運んできてくれていた。

そうして馬車での旅を再開したのだが、アッシュは何度も魔鳥を使ってやり取りしていた。

「――セシル、明日には街道に到着するが、そこからは護衛として小隊が加わることになった」

何度目かの手紙を受け取り、その返事を魔鳥に持たせて飛ばしたアッシュが告げた内容に、セシルは驚いた。

籠の中のクッションで寝ていたロアも気になったのか目を開ける。

今まで手紙の内容をアッシュが教えてくれることもなく、セシルもわざわざ聞かなかった。

それがこうして伝えるということは、知っておくべきことなのだろう。

「私たちに護衛が必要なほど、交渉は難航しているということですか？」

「いや……正確には、セシルに護衛が必要だと――舐められないように小隊をつけることになった」

「ですが、それでは……」

小隊がセシルたちに付き従うのなら、その分他の地域の魔獣に対する守りが薄くなってしまうのではないか。

そう心配したセシルの気持ちを読んだのか、アッシュが大丈夫だと言うように首を横に振る。

「我々はこれから魔獣が頻出する場所へと赴くんだ。もちろん兵たちは魔獣に対抗できるだけの実力を持った者たちだから心配はいらない。ということは、リーステッド国内へと流れ込む魔獣を前もって退治するようなものだから、気にする必要はないよ」

そう言われれば確かにそれでいいような気がする。

とはいえ、セシルの護衛が必要だと判断されたことはどうしても気になった。

「スレイリー側が私に対して何か言ってきたんですか？　犯罪者だとか？」

「いや、特にはない。ただ、南の街道を通ってやってきた者たちが弾かれ、タチハ村に入れなかったらしい」

「……ひょっとして、タチハ村に施している聖域魔法が働いたということですか？　まさか、野盗か何かだったんですか？」

「野盗の方がまだよかったというか。いや、よくはないんだが……。どうやらスレイリーの兵だったようだ」

「スレイリー王国の？」

「兵士であることは隠していたが、悪意があることは明らかになったからな。取り押さえて調べた結果、セシルたちを追ってやってきたことを白状したそうだ」

「そんな……」

今さら追ってきた目的は明白だった。

おそらく神子の噂を聞いて、セシルだと勘づいたのだろう。

「まあ、そんなこともあろうかと、タチハ村には守備兵を駐屯させていたから、大事にはなっていない。彼らは避難民ではなく、侵攻を目論む先鋒隊だということで勾留している。それに、交渉の切り札にもなり得るから丁重に扱ってもいる」

「そうですか……」

セシルは思わずほっと息を吐いた。

国境を越えてきた兵たちは国軍ではなく、地方軍だろう。

魔獣被害を恐れて王都を放棄するような王家の人間が、国軍を自分たちの傍から離すわけがない。

この異常事態の今、本来なら自分たちの土地を地方軍も離れたくはなかっただろうに、命令されて他国に侵入し断罪されては気の毒すぎる。

「あの、両親や弟たちは大丈夫でしょうか？」

まさかリーステッド王都にまで兵がやってくることはないとは思うが、セシルは心配して訊ねた。

昨日、受け取った両親からの手紙には無事にエルが学園に入学できたとあり、喜んだばかりだったのだ。

「今のところ、ご家族に何者かが接触したとの報告はないよ。弟君が無事に学園に通うことになったらしいが、護衛も隠れてつけているので安心してほしい」

「――ありがとうございます」

「いやいや、礼には及ばないよ。ご家族の安全はセシルとの約束でもあるし、これは国家の威信をかけた問題でもある。阿呆どもに好きにはさせないよ」

アッシュは軽い調子でセシルのお礼の言葉を流したが、その内容はかなり重い。

それでも、セシルが思わず笑ってしまいそうになったのは、やはりその言い方がおかしかったからだ。

わかってはいたが、本当にマクシム王太子も国王も勝手すぎる。アッシュが「阿呆ども」と言うのも同意しかない。

セシルはため息を吐いてロアをちらりと見た。

いろいろな過ちを犯したとしても、すぐに反省し対処していればここまで酷いことにならなかっただろう。

（でも、過ちを犯したことにさえ、気づいていない可能性も……すごくあるなあ……）

セシルと婚約したのも、防御魔法の強さに惹かれてかと思っていたが、まさかの伯爵領を没収するためだった。

他の貴族たちを納得させるためにずいぶん手の込んだことをしたとは思うが、そもそもその発想が残念である。

（私だったら、私に何か適当な役職でも与えて囲い込んで酷使するけどなあ……って、私の力を魔術師たちが認めなかったっていうのも大きな原因だよね）

当初はロアに〝神子〟だと言われても素直に信じられなかったが、今はもう信じざるを得ないと思うほどに自分の力が特別だとはセシルもわかっている。

まだセシルがマクシム王太子の婚約者だった頃でも、自分なりに防御魔法を極めたかもと思っていたくらいなのだから、王城の魔術師たちだってわかっていたはずだ。

「プライドを持つことって大切だけど、間違ったプライドは邪魔なだけだよね……」

「うん？」

「あ、いえ」

思わず口に出してしまって、アッシュが不思議そうに首を傾げ、セシルは慌てて何でもないとばかりに首を横に振った。

近衛騎士としてのアッシュは凛々しく精悍だが、こうして馬車に乗っていると優しさ溢れる王子様のようで、その二面性が面白い。

王子様といえば、とマクシム王太子のことを再び思い出し、セシルは痛むこめかみを押さえた。

マクシム王太子もプライドの塊だったが、それは尊大で虚飾に満ちている。

「アッシュ」

「どうした？」

「私はスレイリー王国では犯罪者だから。もし、身柄の引き渡しを要求されたら応じてね」

「セシル――」

「国の威信も大切だけど、何より無駄な争いを避けることが大切だから。国力っていうのは、他国に交渉で押し負けないために必要なもので、国民を守るためのものでしょう？」

「そうだな」

「変なプライドにこだわって、大切なものを見失わないでね」

「もちろんだ」

セシルの願いに、アッシュは力強く頷いた。

たとえセシルがスレイリー王国側に引き渡されることになっても、元々スレイリー国民であるのだから、『神子が奪われた』とはならないはずだ。

また、今のセシルはマクシム王太子たちにいいように利用されるつもりもない。

だから心配するべきは〝聖なる森〟の瘴気を浄化できるかだけなのだ。

やる気に満ちたセシルをロアはじっと見ていたが、また目を閉じて馬車の揺れに身を任せたのだった。

3

セシルたちの旅は順調に続き、無事に街道で合流した小隊とともにスレイリー王国を目指した。

もちろん順調といっても、魔獣に遭遇することは多かったが、セシルが兵士ひとりひとりに魔法を施していたので怪我人を出すこともなく退治することができているのだ。

そしていよいよ国境を越える時、セシルは緊張したが特に何も起こることもなく馬車は走り続けた。

「南の街道でも思ったけど、国境警備とかはないんだね」

「スレイリー王国とは今まで良好な関係を保っていたからな。関税などもないし、必要なかったんだよ」

「なるほど……」

セシルは納得しながらも、アッシュの「今まで」という言葉に引っかかっていた。

それに、今回の旅ではセシルとアッシュが乗る馬車の他にもう一台馬車が加わっている。

どうやらスレイリー王国側と交渉する文官が乗っているらしいのだが、彼らがどういった条件を提示するのか――そもそも交渉内容自体をセシルは知らなかった。

（やっぱりちゃんと聞いていた方がいいかな……）

セシルは車窓から外の景色を眺めながらぼんやり考えた。

わかってはいたが、見える景色は王都に繋がる主要街道とは思えないほどしんと静まり返っている。

おそらくこのあたりに住んでいた人の多くが避難しているのだろう。

（今、ここで勝手に聖域魔法を施しても、弾かれた魔獣が別の場所に集まってしまう可能性が高いよね）

サイ村のように多くの魔獣に攻撃されては、ただの村人たちには対抗手段がない。

一体二体ならどうにか撃退できるかもしれないが、怪我は避けられないだろう。

「本当なら、国軍が守るべきなのに……」

「その通りだな」

アッシュが同意したことで、セシルはまた声に出していたことに気づいた。

はっとして口を押さえたセシルを見て、アッシュは苦笑する。

「いくらここがスレイリー王国内でも、この馬車内は治外法権だよ。誰も不敬罪でセシルを捕えたりはしない」

「なるほど」

セシルも苦笑しつつ手を下ろし、再び窓の外を見た。

この国で生まれ育ったとはいえ、セシルの人生はほとんどをメイデン伯爵領で過ごし、婚約していた半年の間だけ王都で暮らしていたのだ。

そのため、他の地域をよく知らない。

護送車から見た南の街道は寂れてはいたが、まだ人々の生活の気配はしっかりあった。

「――セシル、次の街でスレイリー王国側の使者と交渉を行い――といっても、事前協議は終わっているので、細かいすり合わせの後に調印する予定だ」

「次の街ということは……ウェリンゼ公爵領のアロスだよね？」

「ああ。公爵が国王代理として調印してくれる」

「確かに、ウェリンゼ公爵なら、陛下の代理人として不足はないよね」

アリーネの父親のウェリンゼ公爵は野心家の印象がある。

公爵家の私兵も多く抱えていたはずだが、このアロス地方の領地を守ろうとはしなかったようだ。

おそらく国王に付き従って、いくつかある公爵領のうちのセーテンの街へ私兵を連れて移っているのだろうが、国王代理という大役を引き受けるために、危険を冒すことにしたのだろう。

「……それで、気を悪くしないでもらいたいのだが、今回の交渉材料として、タチハイモの苗を援助することになった」

「え？　ああ、それはもちろん。タチハイモを役立ててくれるのは嬉しいよ。これで少しでも飢える人が減ればいいね」

魔獣被害はこれから食い止めることができても、今季の収穫量が少ないのは今からでは補いようがない。

それでも今からタチハイモを植えれば、どうにか冬までには収穫に間に合うだろう。

不満を漏らすどころか、逆に喜ぶセシルを見て、アッシュは温かな笑みを浮かべた。

「あなたは……あなた方は本当に欲がないな」

「みんなが飢えることなく暮らせるのが一番だから」

いつもとは違うアッシュの言い方に引っかかりはしたが、きっと両親たちのことも言っているのだろうと思ってセシルは流した。

セシルはスレイリー王国の〝聖なる森〟を浄化しに行くと両親に手紙を書いたが、おそらくアッシュたち――この国の外交関係の政務官からも連絡がいっているはずなのだ。

(みんな元気かな……)

魔鳥に両親への手紙を運んでもらったが、直接のやり取りではないため、両親からの返事はまだ届いていない。

「今回、『聖なる森の瘴気を浄化』以外にもこちらとしては『食料支援』と『復興支援』を提示しているんだ」

「それはとてもありがたいことだけど、代わりにリーステッド王国は何を得られるの？　もちろん、森が浄化されて瘴気の流出がなくなれば、魔獣の発生も防げるから利はあるけど、他国の領土に立ち入るだけにしてはずいぶん気前がいいよね？」

人道的支援としては素晴らしいが、何の利益もなくそこまで奉仕するのは、国家運営としては正しいと言えないだろう。

スレイリー王国ほどでなくても、リーステッド王国も損害を受けているのだ。

そのため疑問を抱いたセシルに向けて、アッシュは満足げに笑った。

「今回の調印には、ハヤキ王国の国王代理人にも立ち会ってもらうことになっている」

「ハヤキ王国の？」

リーステッド王国とはスレイリー王国を挟んで反対側に位置する国がハヤキ王国である。

メイデン伯爵領の西側にあるおかげか、今はまだそれほど瘴気の影響は受けておらず、魔獣の出没は少ないらしい。

ただ、聖獣の恵みを与えられないためか、作物の不作は同じように続いているそうだ。

「ハヤキ王国が立会いになるということは、それほどの条件を提示したんだね」

二国間の協定に別の国が立会いをするということは、それほど重要な内容なのだ。

おそらく、立会国にも関係するほどの。

いったいどんな条件かとセシルが警戒していると、アッシュは軽く肩をすくめた。

「スレイリー王国の民にとっては悪い条件じゃないよ。まあ、国王やウェリンゼ公爵にとっては苦渋の決断だったろうけどね」

国民のためになるのなら大歓迎だが、国王陛下や公爵が渋りながらも受け入れた条件がかなり気になる。

続きを待つセシルに、今度のアッシュは悪戯っぽい笑みを浮かべて告げた。

「『元メイデン伯爵領地及びアロス地方のウェリンゼ公爵領地を含む北東地域をリーステッド王国領とする』だよ。今、放棄している王都に関してはスレイリー王国領のままだから、我がリーステッド王国の北西地域は少々歪な国境線を有することになるね」

首を傾げてにこっと笑うアッシュがちっとも可愛く見えない。

それどころか、悪魔の微笑みにも見えた。

あまりの内容に愕然として言葉を失ったセシルの代わりに、ロアが『ははは』と笑う。

その声でようやく我に返ったセシルは、まじまじとアッシュを見た。

しかし、どこにも冗談の気配はない。

「本当に……本気で……国王陛下はその条件をのんだの？」

「事前協議では合意してるからね。とはいえ、当のウェリンゼ公爵が調印にやってくるから、まだわからないけどね」

まさか国土を譲渡するなど、敗戦したわけでもないのにと、セシルは比喩ではなく頭を抱えた。

『セシル、何が問題なのだ？　民にはよいことではないのか？』

「うん。それはそうなんだけど……。でも、それは結果論だから。スレイリー国王陛下は玉座を守るために安易に北東地域を切り捨てたんだよ」

「セシルは厳しいな」

ロアへのセシルの返答を聞いて、アッシュが首を傾げて言う。

セシルはもうアッシュが優しいとは思えなかった。

「それをさせたのはアッシュだよ？」

「セシルは喜ぶかと思ったのになあ」

「……すごく複雑な気持ちだよ。リーステッド国王陛下が素晴らしい為政者だっていうのはこの半年でわかったから。でも、瘴気が浄化されて、国力が回復した時にスレイリー側が北東地域を取り戻そうとしたら？」

「だからハヤキ王国に立会いを頼んでいるんじゃないか」

「残念ながら、スレイリー国王陛下や王太子殿下は紙切れ一枚の約束を守られるような方ではないから」

「セシル、その言い方だと不敬罪で捕まるよ？」

「治外法権なんだよね？」

アッシュは降参とばかりに両手を上げた。

それでも笑顔は浮かべたまま。

「確かに、スレイリー国王は信用できない。だけど、歪な国境沿いにセシルが聖域魔法を施してくれれば、軍の侵攻は妨げられるよね？」

無邪気な子どもが言うようなアッシュの言葉に、セシルよりもロアが反応した。

『セシル、こやつの顔を引っかくか？』

「……大丈夫だよ。ありがとう、ロア」

毛を逆立てるロアを見て、アッシュが残念そうに眉を下げる。

「ロアを怒らせてしまったようだ。やっぱり好かれることはないのかな？」

「アッシュが意地悪なふりをするからだよ」

「ふりとは限らないぞ？」

「まあ、確かに意地悪ではあるよね。本当の身分を隠しているんだから」

「うん？」

「それで、アッシュはいったい何者なの？」

セシルもアッシュに負けず劣らずにっこり笑い、まっすぐな質問をぶつけたのだった。

4

「最初に名乗ったと思うけどな」

「アッシュ・フォードという名前は聞いたよ。でもまだ別の名前があるでしょ？」

セシルがそう問いかけると、アッシュは声を出して笑った。

これは本当の笑顔だなと思える。

「よくわかったね」

「はじめはわからなかったわ。でも、一緒に旅をしているうちに何となくね。でも確信を持ったのは今だよ。合流した政務官の中に、ハヤキ王国の立会いが必要なほどの協定書に調印するのに相応しい身分の方はいなかったから。それに、アッシュは個よりも全体を俯瞰《ふかん》して見ているんだなって」

「なるほど。今後の参考にするよ」

「それで、殿下の正式なお名前をお教えいただけますか？」

「なんだ。そこまでバレてたのか」

「一応はスレイリー王国でマクシム王太子殿下の婚約者として過ごしておりましたから」

「なるほど。それは大変失礼いたしました。私の名はアシュレイ・ジェノ・リーステッド。リーステッド王国王太子の位にあります」

馬車の中のためアッシュは座ったままなのに、まるで最上級のお辞儀をしているように見えた。

応えて、セシルも深々と頭を下げる。

「ありがとうございます、殿下」

「できれば、今まで通りにアッシュと呼んでほしいな」

「ええ、喜んで」

内心ではアッシュが王太子であることにかなり驚いてはいたが、表面上は遠慮することなくセシルが答えたところで、馬車は目的地に到着した。

セシルも初めて目にするウェリンゼ公爵領館である。

領館は噂通りかなり大きく荘厳な造りだったが、セシルが圧倒されたのは警備兵の多さだった。

馬車寄せに馬車が止まると、セシルは用意していた白いローブを深く被り、顔を隠す。

噂で勘づいてはいるようだが、神子がセシルであることはまだ内密なのだ。

そのため、セシルは領館内に入ってから案内された部屋で、ロアと共に調印が終わるまで待つことになっていた。

『セシルはアッシュに対して怒ってはおらぬのか?』

「それは、身分を隠していたことに対して？　それとも、神子の力を利用しようとしていることに対して？」

『どちらもだな』

部屋の探検も終わり、落ち着いたところでセシルはロアに問いかけられた。

その内容に、セシルは少し考える。

「うーん……。やっぱり、怒ってはいないみたい」

『考えなければならないということは、そうなのだろうな。だが、なぜだ？　騙されて、利用されるのだぞ？』

「まず、騙されたとは思っていないからかな。アッシュは身分に関係なく近衛騎士として危険を顧みずに、タチハ村の噂を聞いてやってきたんだもん。サイ村の危機だって、いち早く察知して駆け付けたんだよ？　たとえ私が魔法で保護しているっていっても、絶対なんてことはないからすごいと思う」

『まあ、確かにな』

「あとは、神子の力を利用っていうけど、私はばんばん利用してほしいと思ってるから」

『そうなのか？』

「うん。そりゃ、お金儲けのためとかは嫌だけど、聖域魔法は人助けになるもん。国境沿いに聖域魔法を施すのだって、無駄な争いを避けるためなら全然やるよ。ただちょっと、さっきのアッシュは意地悪だったよね。あれに対しては腹立つかも。私を試したんだよ」

『試した？　何のために？』

「さあ、それはわからないけど……あ、ひょっとして、私が寝返らないか確かめたかったのかも」

『寝返る？』

「うん。ほら、私がこの国に帰ってきて、里心がついちゃって、やっぱりこの国が好き。リーステッドなんて知らない！とか言い出さないか心配だったのかもね」

『それはないだろう』

セシルが子どものように駄々をこねるふりをして言えば、ロアは楽しそうに笑った。

馬車内でのアッシュとの会話からどこか不満げだったロアの機嫌が直ったようで、セシルはほっとした。

できればアッシュを本当に嫌いになってほしくなかったのだ。

「ロア、いつも本当にありがとう。大好き」

セシルはロアを抱いて頬ずりしながら囁いた。

ロアはいつでもセシルを守ろうとしてくれる。

『我も好きだぞ』

少し照れながら言うロアが可愛くて、セシルはさらに抱きしめもふもふを堪能した。

その時、ノックの音が部屋に響く。

『アッシュだな』

ロアは魔力でわかるらしい。

それならとセシルが気にせずドアを開けると、立っていたアッシュが少し不機嫌な表情になった。

「どうしたの？　調印が上手くいかなかった？」

到着早々、このまま調印式が行われると聞いてからそれほど時間は経っていない。

それなのにもうアッシュが不機嫌な様子でこの場にいることに、セシルは不安になった。

「無事に調印して、先ほど公爵とは別れたよ。公爵はすぐにでも発つそうだ」

その言葉を裏付けるように、馬車が走り出す音が外から聞こえる。

あまりにも早い流れにセシルはまた驚いた。

「こんなに早いなんて、事前協議にあたった政務官は相当優秀なのね。それにしても、公爵も逃げるように戻らなくてもいいのに。ここは公爵の本邸で……」

そこまで言って、セシルははっとした。

「まさか、この屋敷に何か仕掛けてあるとか？」

「何かって？」

「ばくだ……じゃなくて、こう、時限式の魔術が作動して、お屋敷が吹っ飛ぶとか！」

「ちょっと意味がわからないけど、スレイリー王国の魔術師はそれほど優秀なのか？」

「……それはないと思う」

思わず前世で読んだ本から変な妄想が働いてしまったが、アッシュに指摘されてセシルは冷静になった。

そうなると、やはり気になるのはアッシュの様子だ。

「アッシュは何か嫌なことでも言われたの？　ちょっと不機嫌そうだけど」

「不機嫌というか、ちょっと苛立ってはいるかな。セシルの危機感のなさに」

「私？」

アッシュが不機嫌な理由が自分だと知って、セシルは軽いショックを受けた。

今まで何があってもニコニコしていたアッシュだったが、ここにきて急に感情を隠さなくなっている。

素を見せてくれていると言えば聞こえはいいが、セシルに気を遣う必要はないと判断したのかもしれない。

「この際だから言わせてもらうけど」

「う、うん」

ずんずん部屋に入ってきたアッシュの様子に、セシルは思わず後ずさった。

だが、ロアは気にした様子もなく寝そべったままあくびをしている。

「セシルもご家族も危機感がなさすぎると思う。そりゃ、確かにセシルは強力な防御魔法――聖域魔法が使えるけど、だからって若い娘をひとりで旅に出すことを許すのも驚いたし」

「それはそっちの方が機動力が――」

「今だって、誰何もなしに扉を開けるなんて、信じられないよ。ここはある意味敵地だぞ？調印が終わるまでセシルは犯罪者だったんだ。セシルに直接害をなすことはできなくても、攫われる可能性だってあるんだから、もっと身の安全に気を配るべきだ」

「でも、ロアがアッシュの魔力だって言うから――」

「セシルはロアを頼りすぎ」

『む？』

「何かあった時に、ロアは引っかくくらいしかできない。セシルを守れないんだろう？」

『そんなことはないぞ』

「そんなことはないって」

「猫は黙ってて」

『むむ？』

「あとは――」

「まだあるの？」

「セシルは私を信頼しすぎ。もっと私を疑うべきだ」

「ええ……」

アッシュが心配してくれているのはわかった。

それでドアを開けた時に不機嫌だったのかと思いつつ、セシルはその理不尽さに言葉を失った。

ロアは素直に黙ると、ふたりを楽しげに見ている。

「じゃあ、疲れているところ申し訳ないが、この後はハヤキ王国の立会人と会食があるから参加してくれるかな?」

「わ、わかった」

「それから、食事は早めに切り上げて休んでくれてかまわない。明日の出発も早いからね」

「ありがとう」

どうやらアッシュは会食について伝えにきたらしい。

セシルが戸惑いながらも了承すると、アッシュは一度頷いて部屋から出ていった。——かと思えば、ドアを開けたまま振り向く。

「鍵はしっかり掛けておくように」

そう言い残して、去っていった。

セシルはひとまず、アッシュはいい意味で素を見せてくれるようになったんだなと思うことにしたのだった。

第九章　聖獣の顕現

1

ハヤキ王国の立会人であった第三王子との会食も無事に終わり、翌朝早くにセシルたちは予定通り王都近くの〝聖なる森〟に向けて出発した。

何事もなければお昼過ぎには到着するだろう。

だが残念ながら、森に近づくほどに魔獣が頻出するようになっていた。

昨日、ハヤキ王国第三王子が会食の時に、かなり迂回《うかい》してやって来たのだと言っていたのも納得の出没率である。

ただ、第三王子一行には『神子からの加護』として聖域魔法を施したので、帰途は心配いらないと伝えていた。

だから王国内に出没する魔獣をできれば率先して退治してほしいともお願いしている。

（これで魔獣の数も減ればいいいな……）

セシルは昨日のことを思い出してため息を吐いた。

公爵もあれほど急いで帰らなければ、同じように『神子からの加護』を授けることができたのだ。

（無事に戻れているといいけど……）

再び迂回して戻っているなら、ひょっとして距離的にはセシルたちの方が仮王都のセーテンの街に近くなるのではないだろうかと考えているうちに、馬車は止まった。

「セシル、どうする？　まだ進むか？」

「え？」

アッシュに問いかけられて顔を上げたセシルは、指し示された窓の外を見て息をのんだ。

まだ森には遠いはずなのに、街道の先は黒い霧のような瘴気に包まれている。

聖域魔法に包まれたセシルたちならここを通ることもできるが、瘴気の中がどうなっているのかはわからない。

「……ここから浄化していったほうがいいみたいだね」

『セシル、これはかなり魔力を消費することになるぞ』

「でも、やらないと」

『……では、ネクタムをここで食したほうがいい』

「今？　まだ全然元気なのに？」

『うむ』

「わかった」

セシルの魔力がサイ村の時ほどに消耗していないのはわかってはいたが、ロアとしては必ずセシルに食べてもらいたかったのだ。

きっとこの先も魔獣は次々湧いてくる。

それらを退治する兵たちが消耗するのを、セシルが黙って見ているとは思えなかった。

きっとネクタムを差し出すだろう。だが新たなネクタムを手に入れようともしないはずだ。

それならいっそ、今ここですべて食べきっていれば問題ない。

『セシル、半分はアッシュに渡せばいい』

「うん、そうだね」

アッシュもずっと魔獣が出没するたびに馬車から降り、兵たちに交じって剣や魔法で攻撃していたので消耗している。

セシルがネクタムを袋から取り出して器用に剥き、半分を差し出すと、アッシュは驚いたようにロアを見た。

「私も食べていいのか？」

『ついでだ』

「ぜひ食べてって」

「それは驚きだな。てっきりロアには嫌われたと思っていたから。ありがとう」

『嫌ってはおるぞ』

「どういたしまして。って」

セシルはロアの言葉を都合よく訳して、アッシュに伝えていた。

それをアッシュはどうやらわかっているらしい。

悪戯っぽい笑みをロアに向けてから、ネクタムを食べた。

アッシュもロアの考え——ネクタムを消費しておきたいとの考えに賛成なのだ。

こうしてふたりは万全に回復して、馬車から降りたのだった。


アッシュや兵たちが魔獣を警戒する中、セシルは瘴気を前にして立ち、浄化魔法を放った。

ところが瘴気は霧に風が吹きつけた時のようにするりと魔法をかわす。

浄化魔法の強さを調整しながらセシルは何度か放ったが、どうしても風が通り抜けたようにするりと霧が割れ、再び閉じるのだ。

「魔獣のように形がないからか、思うようにいかないな……」

『ふむ。まさかこのようになるとは……』

セシルは甘く考えていたことを悔やみ反省した。

まだ魔獣が瘴気の中から襲ってくることはないが、もし群れで襲いかかってくれば怪我はしなくても兵士たちは疲弊してしまう。

（神子様とか呼ばれて崇められて、調子に乗ってたんだ……）

このままだと兵士よりも先に、ネクタムを食べたセシルが力尽きてしまうかもしれない。

そんな不安からセシルは弱気になっていた。

（どうしよう。今さらできません、なんて言えるわけがないよ）

森の瘴気を浄化するという条件で国土移譲の調印をしたというのに、このままではリーステッド側が反故してしまうことになる。

それだけは絶対避けたいセシルはとっておきの浄化魔法を放った。

しかし、無情にもまたするりと黒い霧が割れて閉じる。

（もういっそのこと、全部魔獣になってしまえば檻に閉じ込めて……）

半ばヤケクソで考えたセシルは、そこで気づいた。

（煙って、箱に閉じ込められるよね？）

閉じ込める、というのは間違っているのかもしれないが、セシルの脳裏に浮かんだのは前世での理科の実験映像。

サイ村で魔獣を檻に閉じ込めた時だって、浄化途中の魔獣は黒い霧のようになっていながら檻から出ることはなかったのだ。

「よし！」

失敗しても失うのはちょっとばかりの魔力だけ。

うじうじするのは性に合わないと、セシルは瘴気が這《は》う大地に向けて聖域魔法を風呂敷のように広げ、包んだ。

『おお！』

なるほど、とばかりにロアが声をあげる。

反応したのがロアだけなのは、聖域魔法の檻が皆には見えないからだ。

檻に閉じ込められた瘴気を見ると、できる気がしてセシルはロアへ笑ってみせた。

そして今まで以上に意識を集中して檻の中の瘴気を浄化する。

「瘴気が……」

「消えていく……？」

ガイやラーズの驚く声が聞こえる。

兵たちも歓喜する声の中で、アッシュの息をのむ音が聞こえた。

意識を集中すればするほど、不思議と様々な気配を感じることができる。

目の前で消えていく瘴気だけでなく、この先の森で蠢く瘴気や、公爵領館を出立したハヤキ王国の王子一行の気配。

迂回路のウェリンゼ公爵一行と──。

『セシル！』

「危ない！」

ロアとアッシュの声にはっと意識を戻すと、目の前の魔獣が霧散していった。

よくわからないが、突然地面から現れた魔獣に襲われかけたらしい。

それをアッシュが切り捨ててくれたのだ。

「……ありがとう、アッシュ」

「いや、当然のことだ。むしろこれくらいないと、我々の仕事がない」

『セシル、大丈夫か？』

「うん、大丈夫。ありがとう」

『我は何もしていない』

「それでも、ありがとうだよ」

セシルのお礼にアッシュが冗談で返したところに、ロアが駆け寄ってきた。

だが、魔獣に気づかなかったことで落ち込んでいるらしい。

魔獣に襲われても怪我をしないのだから、そこまで気にしなくてもいいのにと、セシルはロアを抱き上げてぎゅっとしながらお礼を言った。

「セシル、私も抱きしめてくれていいんだぞ？」

「遠慮しておく」

「それは残念」

アッシュは先ほどまでの落ち込みかけていた暗い雰囲気を明るくしようとしている。

それに気づいて、セシルはことさら大げさにぷいっと横を向いた。

「アッシュ、振られちゃったね」

「今はそれどころではないからな」

「このあたりの魔獣は少し知恵がついているようですね」

ガイがノリ良く言うと、アッシュはセシルを真似てぷいっと横を向いた。

そんなやり取りに空気を読まず、ラーズが魔獣について真面目に考察する。

だが、アッシュたちもすぐに切り替えたようだ。

「これまでの魔獣は、特に誰かを標的にすることはなかったが、今のは確実にセシルを狙っていたな」

「しかも、いきなり現れたのは地中に隠れていたのかな?」

「少し距離があったのは、目測を誤ったのか、近づけなかったのか、そこまでの知恵はなかったのか、ですね」

三人の話を聞いてセシルはわずかに怯んだが、それでも自分を――自分の力を信じればいいだけなのだ。

もし次に地中からいきなり襲われても怪我をするわけではない。

「私は……私がやるべきことは変わりませんから、何があっても浄化を続けます」

「――ああ、そうだな。では我々はセシルを全力で守り、魔獣を見つけ次第片付けよう」

「ですねー」

「もちろんです」

セシルが力強く宣言すると、アッシュはふわりと微笑んで頷いた。

ガイもラーズも同意し、兵たちに指示を始める。

セシルはアッシュたちを信頼して浄化に集中しようと改めて決意した。

そして、ロアを一度ぎゅっと抱きしめてから下ろし、再び瘴気に向き合う。

そこからはセシルの感覚ではあっという間だった。

だが、瘴気を発生させる中心部にやってきた時には陽は沈みかけており、セシルは時間の経過を知った。

「――後はここだけよね？」

『……ああ』

セシルは傾く太陽の光から目を逸らし、何度か瞬きした後に正面を向いた。

そこにはセシルたちがタチハ村で暮らしていた小さな借家ほどの大きさの檻がある。

この檻は森に入ってからも浄化を続け、最後まで残った瘴気だった。

「よくこんな場所を放置していたな」

「なんだかすごく禍々《まがまが》しいね」

アッシュがすっかり枯れてしまった木々の間から覗く王城を皮肉げに見て呟く。

ガイは檻の中の瘴気を見て嫌そうに顔をしかめた。

確かに、今までの瘴気とは何かが違う。

濃度が高いというのか、粘着性があるような、霧ではなくタールのようなどろっとしたものが、ある一点から湧き出しているようだった。

「これはちょっと大変かも……」

最後まで残ったのもわかる気がしてセシルは呟いた。

（昔、何かの映画で石油が噴き出したシーンがあったけど、もっと液状だったよね……）

真っ黒な油を落とすのに苦労していたことを思い出す。

いっそのこと、このまま檻の中に閉じ込めておけばいいのかもと考え、少しずつ増えているのを見て諦めた。

いつか檻がいっぱいになってしまう。

そのたびに檻を広げるのもきりがなく、この檻の中で魔獣が発生しないとも限らないのだ。

「よし、頑張ろうか……」

そう言って気合を入れようとしたセシルは、ロアの様子に目を止めた。

セシルのピンチ以外にはいつも余裕があって、のんびりしているロアが、苦痛を堪えているように見える。

「ロア！　まさか怪我をしたの⁉　どこが痛い⁉」

セシルは慌てて膝をつき、ロアの体を調べた。

その様子に、檻の周囲を調べていたアッシュたちも急ぎ駆けつける。

「ロアがどうかしたのか」

『大丈夫だ、セシル。心配はいらぬ』

「でも……」

答えたロアは四つ足でしっかり立ち、まるで水でも払うように体をぶるぶる振った。

ロアは思っていたよりも自身があの時の恐怖に囚われていたのだと気づいてふっと笑い、心配そうなセシルを見上げた。

何も言わない選択もできるが、きっとそれはセシルが望まないだろう。

ロアは一度大きく息を吐いて話し始めた。

『すまない、セシル。これは――この瘴気の流出は我のせいだ』

「え？」

『我はここで矢に射られた。その時に落ちた我の血が魔を喚び寄せ瘴気が生まれたのだ』

「そんなの！　そんなの全然ロアのせいじゃないよ！　そんなの、人間のせいなんだから！」

ロアがおそらく王家に関係する者の誰かに矢で射られたのだろうとはわかっていた。

でもまさか、その時に流れ落ちた血が魔を喚び寄せ、瘴気が生まれ、皆が苦しむことになったとは思ってもいなかった。

しかし、一番苦しんでいるのはロアなのだ。

セシルはロアを抱きしめたかったが、触れる資格もないようで、その手をさまよわせた。

すると、ロアからセシルの手に頭をすり寄せてくれる。

セシルは目を見開き、だがすぐにロアを強く抱きしめた。

「……セシル、何があったんだ？　教えてくれないか？」

今まで黙って見守っていたアッシュが静かに問いかける。

セシルはぐっと歯を食いしばり、それから顔を上げてまっすぐにアッシュを見つめた。

「ロアは、ここで矢を射かけられ、血を流し、その血から瘴気が生まれてしまっているって……」

アッシュだけでなく、ガイもラーズもはっと息をのみ、唖然としたように蠢く瘴気を見た。

言葉を失い立ち尽くすアッシュたちを目にしたセシルは、この国の人間が犯した罪に皆を巻き込んでしまったことが申し訳なく、これ以上は何も言えなかった。

だが、やるべきことは決まっている。

セシルはロアをそっと下ろして立ち上がると、どろりとした黒い瘴気に向けて、ありったけの魔力を込めて浄化魔法を放った。

ロアの血から直接生まれ出る瘴気はとても重く、今までのようにはやはり簡単にはいきそうにない。

それでも、セシルが諦めずにいると、ふっと体が軽くなったように感じた。

不思議に思ったセシルの耳に、ロアの声が響く。

『セシルがすべてを負う必要はない』

その言葉にはっとしたセシルは、知らず閉じていた目を開けた。

すると、アッシュやガイ、ラーズや小隊の兵士たちまでもが瘴気に向かって浄化魔法を放っていたのだ。

しかもロアはセシルの足元にぴったりと体を寄せ、力を補ってくれている。

セシルの蒼《あお》い瞳から涙が一粒こぼれ落ちた。

泣きたいことはあっても、ずっとずっと我慢していたが、これは喜びの涙だからいい。

そう思い、泣き笑いするセシルは今まで以上の力で瘴気を浄化した。

そして太陽が山の向こうに隠れた頃、ようやく森の瘴気は完全に消え去ったのだった。

2

「――消えた……？」

『うむ。我の血痕ももう消失しておる。これで瘴気が新たに生まれることはまずないだろう』

この世界から瘴気が完全に消えたわけではない。

それでも、新たに生まれ出ることはまずないと聞いて、セシルはロアに抱きついた。

「すごい！　ありがとう、ロア！　みんなもありがとう！」

喜びお礼を言いながらロアを抱き上げると、アッシュがニコニコ笑って言う。

「セシル、私も抱きしめてくれていいんだぞ？」

「遠慮しておく」

「それは残念」

アッシュはまた同じ冗談を繰り返し、皆が笑う。

「これで聖獣様がお戻りになって、恵みを与えてくださったら最高なんだけどな」

『セシル、そのことだが――』

ほっとして和やかな空気の中、セシルは思わず本音を漏らしてしまった。

すると、何か言いかけていたロアが急に毛を逆立てる。

「ロア？」

突然のことに驚いたセシルだったが、アッシュたちも剣の柄を握っていつでも抜けるように構えた。

いったい何がと不安になったセシルの耳にも、近づいてくる馬の蹄《ひづめ》の音が聞こえる。

しかも一頭だけではない。

集団で金属のこすれ合う音から武装していることも窺えた。

「止まれ！　何者だ⁉」

小隊の兵士たちが剣を抜いて臨戦態勢で前へと進み出て誰何する。

日が暮れかけているために、セシルたちのいる場所からは何の集団かはわからない。

しかし、答える声ははっきりと聞こえ、セシルは息をのんだ。

「何者とは無礼な！　しかもここは我がスレイリーの領土であるぞ！」

「殿下……？」

「まさか、マクシム王太子か？」

セシルの呟きにアッシュが驚きの声をあげ、セシルは頷いた。

あの威圧的な話し方は忘れもしない、マクシム王太子のもの。

以前と変わらず、声と態度が大きいせいでどこにいてもわかるのだ。

「いったい何のために……？」

「ウェリンゼ公爵もいるようですね」

ガイはわけがわからないといった様子で、ラーズは眉をひそめている。

アッシュが進み出ようとして、ガイが止めた。

「僕がいくよ」

そう言うガイとともに、ラーズも騎乗したままの集団に近づいた。

『あやつは……』

「ロア？」

あたりは薄闇に包まれていたが、ガイやラーズと話をしているウェリンゼ公爵の姿が見える。

ひょっとしてあの中にロアを射た人物がいるのだろうかと、セシルは目を凝らした。

ウェリンゼ公爵の後ろで居丈高にあごを上げて馬上からガイとラーズを見下ろしているのは、確かにマクシム王太子だ。

その周囲には王太子の取り巻きがいる。

「ロア、あの中に矢を放った人がいるの？」

『ああ。あれだ。あの金ぴかの鎧《よろい》をまとったやつだ』

「……マクシム王太子殿下だね」

〝聖なる森〟で狩りをするだけでも信じられない愚行だが、さらには白い動物に矢を射かけることをするなど、本当は王太子以外には考えられなかった。

それでも「まさか」という気持ちがあり、確信を持てなかったのだ。

(でもやっぱり、殿下だったんだ……)

セシルは元婚約者である王太子に対して、落胆よりも激しい怒りを感じていた。

その気持ちから睨《にら》みつけてしまっていたセシルの強い視線に気づいたのか、王太子と目が合う。

途端に王太子はセシルに向けて指をさし叫んだ。

「いたぞ！　セシル・メイデンだ！」

「は？」

まさか再び王太子に名前を呼ばれることがあるとは思ってもいなかったセシルは、間抜けな声を出してしまった。

そんなセシルをアッシュが背中で庇う。

王太子はウェリンゼ公爵に耳打ちされて顔をしかめた。

だがすぐに笑みを浮かべ、アッシュへと声をかける。

「これはこれは、リーステッドのアシュレイ王太子殿下であられるか。私はこのスレイリー王国の王太子、マクシム・スレイリーと申します。ところで、殿下の後ろにいるのは我が国で罪を犯した者でしてね。今すぐ引き渡していただきたい」

「馬上から挨拶とは、スレイリーの方はずいぶんと礼儀がなっていないようですね。しかも我が国の民を犯罪者呼ばわりまでするとは。この無礼は許しましょう。だが、今すぐ我が領土より出ていってください」

「我が領土だと!?　ここは我らがスレイリーの領土だ！　よって。その犯罪者を引き渡してもらおう！」

「ウェリンゼ公爵、貴殿は殿下に昨日調印したばかりの協定内容について報告していないのか？　だからこうして殿下が世迷言をおっしゃっているのか？」

王太子を見上げて丁寧な言葉遣いで話すアッシュの方が、なぜか格上に見える。

それを表すかのように王太子は逆上して怒鳴るが、アッシュはあくまでも冷静に調印した協定書についてウェリンゼ公爵に問いかけた。

ところが、公爵はわざとらしく驚いてしらを切る。

「いったい何のことをおっしゃっているのですか？　確かにリーステッド側の申し出はありがたく、瘴気に汚染されたこの森を救ってくださるというご厚意はお受けいたしましたが、『我が領土』とはどういうおつもりでしょう？」

「どういうつもりも何も、協定書に『聖なる森の浄化』『食料支援』『復興支援』の条件として、貴国の北東地域を移譲していただくと調印したばかりではないですか」

「まさかそんな！　いくら破格の申し出とはいえ、自国の領土を譲り渡すなどと、陛下がお許しになるはずがないでしょう？」

国家間の協定をこんなにも堂々と破るなど信じられず、セシルも他の者たちも唖然としていた。

ハヤキ王国のサイアン殿下に立会人になってもらったのは正解だった。

アッシュもそれを指摘する。

「協定の内容については、ハヤキ王国第三王子のサイアン殿下が保証してくださるでしょう。

ですから、貴殿らには、早めにこの地より出ていかれることをお勧めいたします。もし馬首を翻すことができないのなら、我々が代わりに手綱を引いてさしあげますが？」

要するに、馬の扱いが下手ですね。と告げている。

公爵は一瞬怒りをあらわにしたが、すぐに嫌な笑みを浮かべた。

「はて、ハヤキ王国の王子殿下が保証してくださるとは、どういうことでしょうか？　立ち会ってくださるとは伺っておりましたが、結局おいでにはならなかったではないですか」

「なっ――」

再びしらを切る公爵に、セシルは抗議しようとした。

それをアッシュが後ろ手で制して止める。

サイアン殿下は確かにあの場にいたと言おうとしたのだが、ふと二国が共謀していたならとの考えが浮かぶ。

（でも、昨日の会食ではそのような卑怯な方には思えなかったけど……）

リーステッド王国とスレイリー王国の協定書調印のために、危険を冒してまでわざわざ立会いにきてくれたのだ。

そのお礼を言うと、瘴気や魔獣は二国だけの問題ではないから気にしないでほしいと、笑って答えてくれた。

しかし、ニヤニヤしている王太子を見ると、自信がなくなる。

「ウェリンゼ公爵は昨日、アロスの街にある貴殿の元領館にて、調印を行った際のことをもうお忘れになったらしい。大丈夫か？」

「もちろんですとも。我々は貴国の支援を受けるために、領土への立ち入りを許可する協定内容に調印いたしました。ですから、こうして我が陛下の領土にある森を浄化していただけたのでしょう？　そのことについては感謝いたしますが、犯罪者を匿《かくま》うことは許しがたい行為です。申し訳ありませんが、その犯罪者を置いて、即刻立ち去っていただきたい」

ガイもラーズも兵たちも、ウェリンゼ公爵の主張には怒り心頭といった様子だったが、すべてをアッシュに任せて黙っていた。

だが、いつでも戦う気構えでいることは伝わっており、うろたえるセシルを落ち着かせるようにロアが足元に体をすり寄せてくる。

「何度も申すが、協定内容は支援の引き換えに、この土地を含めた北東地域の移譲だ。しかも彼女を――神子を犯罪者呼ばわりすることこそ、許しがたき発言であり非常に不快である。しかし、これ以上の問答は不毛であり、真偽は立会人であるハヤキ王国のサイアン殿下に明かしていただきましょう。その結果如何によっては、抗議だけではすまされないことをお心にとどめおいてください。では、失礼する」

アッシュは毅然とした態度で踵を返そうとした。

その時、マクシム王太子が苛立ちをあらわに声をあげる。

「真偽の確認など不要だ！　立会人である王子はもういないのだからな！　早くセシルを引き渡せ！」

その言葉に誰もがはっと息をのんだ。

まるでサイアン王子が今は生きていないと確信を持っているようで、一国の王子に何かを仕掛けたと宣言しているようなものだった。

アッシュに従い正面を向いたまま後退しようとしていたガイたちは、その足を止めて新たな指示を――命令を待つ。

もし、サイアン王子を魔獣に襲われたように見せかけて襲撃したなら、ここでアッシュたちも同じように襲撃される可能性もある。

さすがに二国の王子、しかも王太子であるアッシュに何かあれば、魔獣のせいにしてもスレイリー国王はその責任を問われかねない。

それならいっそ、セシルがここで王太子たちに投降すればこれ以上誰も傷つかなくてすむ。

そんなセシルの考えを読んだかのように、アッシュは堂々と王太子たちに背中を向けて微笑んだ。

「セシル、何も心配はいらない。想像以上に彼らが阿呆すぎて言葉を失っていただけだ」

「でも、アッシュたちに怪我はなくても、マクシム殿下に従っている人たちが怪我をしてしまうよ。私は後で何とでもなるから大丈夫」

ここで争えばセシルの聖域魔法で守られているアッシュたちは無傷でも、王太子の命令に従うしかないスレイリー側の兵たちは最悪命を落としてしまう。

きっと王太子は神子としての自分を利用しようとしているのだから、ここは引いてほしいとセシルは願った。

隙を見て逃げ出すこともできる。

また、おそらく怪我もなく元気なはずのサイアン王子が証言してくれれば、セシルを解放せざるを得ない状況になるだろう。

そう判断したのに、アッシュはセシルの手を握って首を横に振った。

ロアが不機嫌にアッシュの足をしっぽでぺしぺし叩く音がする。

「何があっても、セシルを渡したりはしない。手放すわけがないよ」

もし〝神子〟であるセシルを一時的にでもスレイリー王国へ引き渡したと知られれば、リーステッドの民が落胆するだろうことはわかる。

それだけリーステッド王国内で〝神子〟の噂は広まり、人気を得ているのだ。

その自覚があるセシルは悩んだ。

お世話になったアッシュたちが国民から非難されることは避けたい。

（でも、ここでの争いが大きくなったら……）

ひとまず聖域魔法で結界を張り逃げるきるべきかと、セシルは自分たちを守ろうとしている兵たちに目を向けた。

「あ……」

　皆はセシルに注目するあまり気づいていないが、マクシム王太子たちの後方から新たな一団がこちらにやってくるのが見えた。

　そんなセシルの声に反応して、皆も振り返る。

「なっ、なぜだ⁉」

「まさか失敗したのか⁉」

　驚愕の声をあげたのはマクシム王太子と公爵だったが、セシルもアッシュたちも驚いていた。

　この森は王都近くにあるとはいえ、街道からはかなり外れている。

　帰国の途についたはずのサイアン王子一行が現れたのは予想外だったのだ。

「ああ、神子様もアシュレイ殿下たちも、ご無事なようで安堵しました」

　サイアン王子はそう言ってセシルとアッシュたちに微笑みかけてから、ぞっとするほど冷ややかな表情をマクシム王太子たちに向けたのだった。

3

「サイアン殿下たちはなぜここへ？　てっきりまっすぐ帰国されるのだと思っておりましたが……」

アッシュの問いかけに、サイアン王子は馬から下りることなく答える。

「アロスの街を出てすぐに襲撃されましてね。まさか立会人としてやってきた私がこの国の兵士たちに襲われるとは思ってもおりませんでしたよ。幸いにして私たちは『神子の加護』を授かっていたので無傷で乗り越えられましたが、本来なら私たちは全滅していたかもしれません。それでこれは大きな罠だと気づき、慌てて神子様とアシュレイ殿下を追ってきたのです」

要するに、アッシュたちを助けるために追ってきてくれたのだ。

そのため、マクシム王太子たちが馬に跨ったままなので、サイアン王子たちも騎乗したままなのだろう。

もし争いにでもなれば、やはり馬上の方が有利だからだ。

「だ、黙って聞いていれば無礼な！　貴殿らを襲ったのが我が国の兵士などと言いがかりだ！　この国は魔獣が貴殿らの国よりも多い。それらに襲われて錯乱でもしたのではないか⁉」

焦りか怒りかに駆られたマクシム王太子が怒声をあげるが、サイアン王子は肩をすくめるだけ。

それどころか表情を変えず淡々と告げた。

「私たちを襲撃した者たちから貴殿らの企ての聴き取りも終わっております。全員を捕えるのは無理でしたので、数人を捕縛して連行しておりますが、対面されますか？」

サイアン王子はマクシム王太子よりわずかばかり歳上なのだが、あまりに格が違う。

さすがにスレイリー側の茶番すぎて、安心したセシルはだんだん面倒くさくなってきていた。

（もうすっかり暗くなってる……）

太陽はすっかり沈み、あたりは宵闇に包まれている。

しかし、何人かが火魔法で松明のように明かりを灯しているおかげで、セシルたちの周辺は明るかった。

『セシル、今夜は野宿だろうか？』

「そうだねえ。野宿もまた楽しいよね」

アッシュたちとの旅は必ずどこかの村で泊まらせてもらっていたので、野宿経験はあの追放後の一回だけである。

あれも家族とのキャンプのような楽しい思い出になっていた。

あれからまだ一年も経っていないが、ずいぶん昔の気がする。

セシルが懐かしく思っていると、ロアとの会話を聞いたらしいアッシュが珍しく焦ったように振り向いた。

「野宿なんてさせないよ」

「あ、うん」

思わぬ反応に条件反射で頷いたセシルを見て、楽しそうにロアが笑う。

そんなに面白かっただろうかとセシルが不思議に思っていると、ロアはマクシム王太子に向かって歩き始めた。

「ロア！」

マクシム王太子に矢を射られた仕返しに飛びかかるつもりかとセシルは慌てた。

アッシュが捕まえようとしても、するりとかわす。

「何だ、この猫は？」

このままだと馬に踏まれてしまうと怖くなったセシルだったが、ロアがフンスと鼻を鳴らすと、マクシム王太子たちの馬が急に前足を屈めて頭を下げた。

途端に乗っていたマクシム王太子やウェリンゼ公爵たちは、バランスを崩して馬から転がり落ちる。

かろうじて耐えた者もいるが、立つように指示を出しても馬たちは従わない。

アッシュやサイアン王子たちが馬の突然の行動に唖然としている中で、セシルは急いでロアを抱き上げた。

「この白猫は、三年前にこの地でマクシム殿下に矢で射られたのです」

セシルはぎゅっとロアを抱きしめて、痛みに呻《うめ》くマクシム王太子に告げた。

その訴えに、王太子よりもサイアン王子たちの方が驚き息をのむ。

〝聖なる森〟で狩猟をする――しかも白い動物を射るなど、どの国でもやはり禁忌なのだ。

しかし、当の王太子はよろよろしながら立ち上がり、苛立ちを口にする。

「……くそっ！　それがどうした！　そんな猫のことなどどうでもいいだろう！」

反省も何もない王太子に言葉に、さすがにスレイリー側の者たちも動揺しているようだ。

だが公爵が動じていないのは、狩猟に同行していたからだろう。

『セシル、下ろしてくれ』

「でも……」

『大丈夫だ』

「わかった」

馬に踏まれることはなくても、王太子がどう出るかわからずためらったセシルだったが、結局はロアの願い通りに下ろした。

すると、サイアン王子たちが乗る馬までもが落ち着かず、皆が下りるとマクシム王太子の馬と同じように前足を屈めて頭を下げたのだ。

アッシュたちが振り向けば、少し離れた場所にいる自分たちの馬も同じように頭を下げている。

「これはいったい……」

ガイがあたりを見回して呟く。

皆がこの状況に戸惑っていると、ロアが一歩二歩とセシルから離れていく。

同時に、ロアの姿がぼんやりと白い霧に包まれ消えていくように見えた。

「ロア！」

セシルが慌ててロアへと近づこうとした時、白い霧が輝き始め、皆がその眩しさに目を閉じた。

そしておそるおそる目を開けた皆は、さらに大きく目を見開いた。

先ほどまでロアがいた場所には、馬ほどの大きさの真っ白な体躯《たいく》に立派な鬣を持った四つ足の獣が立っていたのだ。

それは伝説の聖獣そのもの。

神々しく威厳を放つその姿に、皆は圧倒されていた。

「……ロアなの？」

セシルの問いかけに、ロアは優しくふっと笑った。——大きい猫なのに。

「我はロアではあるが、この姿を皆はガロアとも呼ぶ」

今までと違い、ロアの声は皆にも聞こえたようだ。

「ガロアだと？」

「聖獣様だ！」

「まさか本当に⁉」

皆が動転し混乱する中で、アッシュとガイ、ラーズだけは驚いた様子はなかった。

「まあ、ただの猫でないのはわかっていたからな」

「でも嫌われてるよね」

「ガイ、それは今関係ないだろ」

「そうですよ。たとえ事実でも今は必要ない情報ですね」

呑気な三人のやり取りを耳にして思わず笑ったセシルだったが、視線をロアに向けたまま。

「触ってもいい？」

「セシル、我を抱きしめてくれていいんだぞ？」

「喜んで！」

アッシュの冗談を真似たロアの言い方にセシルはぷっと噴き出して、ぽふっと抱きついた。

予想通りもふもふで疲れが癒やされる。

「ロア、ずるいぞ」

「我はセシルに遠慮される仲ではないからな」

ふふんと笑うロアはとても伝説の聖獣とは思えない。

聖獣が突如現れたことで混乱していた皆は、セシルやアッシュとロアのやり取りを呆気に取られて見ていた。

そこに、狼狽したマクシム王太子の声があがる。

「う、嘘だ！　聖獣なんて作り話じゃないか！　きっとあれは——っ！」

「キャンキャンうるさい」

ロアが何かをしたのか、王太子はまだ何か叫んでいるらしいが、声がまったく聞こえなくなった。

マクシム王太子の甲高い声で我に返ったのか、呆然としていた兵士たちがざわつき始める。

「な、なあ……。マクシム殿下は聖獣様に矢を放ったってことか？」

「そんな……何と畏れ多い！」

「いや、そもそも聖なる森で狩りをするのが罰当たりもいいところなんだ」

「ここ数年の不作は、王太子殿下のせいだったってことか？」

「そうだよ！」

「魔獣だってそうだ！」

「殿下だ……殿下のせいで我々は苦しんだんだ……」

スレイリー王国の兵士たちから恨み言が聞こえる。

不作と魔獣被害に一番苦しんだのは、スレイリー王国の民なのだ。

「なっ、何だ貴様らは！　私はこの国の王太子であるぞ！」

「静まれ、静まれ！　お前たちは王太子殿下になんと無礼なことを言うのだ！　今すぐこの場で額を地につけ謝罪せねば、即刻首を刎《は》ねるぞ！」

兵士たちがのそりのそりと近づいていくと、悲鳴のような声で王太子が怒鳴った。

ウェリンゼ公爵も慌てて間に入るが、その内容は恨みと怒りを煽《あお》る。

「謝罪は殿下が聖獣様になさるべきでしょう！」

「神子様にも謝れ！」

「そうだそうだ！」

「あんたら馬鹿王族や貴族のせいで、俺たちがどれだけ苦しんだか！」

スレイリー王国の兵士の怒りはどんどん過熱していく。

しかし、アッシュたちもサイアン王子も誰も止めようとしないのは、おそらく同じ気持ちだからだろう。

はっきり言えばセシルの怒りはさらに強かったが、このままでは兵士やその家族が後で罰せられることになると止めに入った。

「待ってください！　確かに、マクシム殿下の行いで、多くの人たちが苦しむことになりました。ですが、今それを責めてもどうしようもありません」

「セシル、そなた――」

「問題はこれから殿下たちがどう挽回してくださるかです。まずは殿下、一番苦しんだロアに――ガロアに謝罪をしてください」

「は？」

庇ってくれたと喜んだのか、マクシム王太子はセシルへ縋ろうとした。

だが、セシルはきつい口調、視線でマクシムを見据える。

「わ、私に謝れと申すのか？」

「そうですね。もちろん謝罪ひとつですべて許されるわけではありませんが、まずは誠意を見せることが必要だと思います」

「私はこのスレイリー王国王太子だぞ！」

「存じ上げております」

「お前は私の……婚約者だろう？　そうだ、今度はちゃんと結婚してやろうではないか！」

「お断りします」

「は？」

「絶対、とっても、すごく、嫌です」

マクシム王太子はまるでいいことを思いついたとばかりに提示したが、あっさりセシルに断られて唖然としていた。

それにセシルは追い打ちをかけるように拒否する。

堪えきれずにアッシュが噴き出し、皆もくすくす笑い出した。

「なっ……なっ、何て無礼な女だ！　この身の程知らずが！」

顔を真っ赤にして怒り出したマクシム王太子だったが、同意しているのはウェリンゼ公爵や一部のお付きの者たちだけだった。

その時、ロアがのそりと一歩前へ進み出る。

途端にマクシム王太子は小さく悲鳴をあげて腰を抜かした。

「セシル、我は矢で射られたことを怒ってはおらぬ。誰にでも過ちはあるからの。よって、謝罪の必要はない」

「ロア……」

ロアはマクシム王太子を見下ろし、淡々と告げた。

その言葉に王太子はほっと息を吐く。

「だが、過ちを正すどころか、気づきもせぬ傲慢さに呆れてはおった。神の遣いと言われている白鹿の姿で矢傷を負い、力失して猫の姿にまでなりながら、どうにか聖園まではたどり着いた。だがもう、動くこともできず、血を流し続け、このまま我が朽ちれば、世界も朽ちるがそれもまた定めなのだろうと諦めもした」

「そんなの……」

つらすぎると言いたかったが、そんな言葉を口にする資格はセシルにはなかった。

「しかし、そなたが現れ、我を助けた時、なるほど〝神〟は本当に存在するのかもしれぬと思った。セシル、そなたと過ごすうちに、〝神の子〟とはよく言ったものだとさらに思うようになった。そなたは神に愛されている。もちろん我もそなたを愛している。そして、そなたが愛しているものは大切にしたいとも思っておるのだ」

愛おしそうにセシルを金色の瞳で見つめながら、ロアは優しい言葉を口にする。

セシルだってロアが大好きで愛おしくて、言葉にできない気持ちを表すように傍へと進みぎゅっと抱きついた。

するとなぜか、ロアはアッシュにしたり顔を向け、ふふんと鼻を鳴らす。

「いくら聖獣だとしても、腹立つものは腹立つな」

アッシュが呟き、ガイとラーズは笑い、ロアの顔を見ていなかったセシルは不思議そうに首を傾げた。

他の者ならともかく、ロアとアッシュの仲を心配する必要はない。

ずっとおとぎ話だと思っていた聖獣がこんなに身近になったことがおかしくて、セシルはくすりと笑った。

「ありがとう、ロア。ロアがいてくれたから私は頑張れたし、これからも頑張れるよ」

「セシル、礼を言うにはまだ早いぞ」

「うん？」

「セシルがこの地の我の穢《けが》れを浄化してくれたおかげで、我は元の姿に戻れたのだ。よって、我の力も完全に戻った」

そう言うが早いか、ロアの体からまた美しい金色の光が溢れ出した。

その光はセシルが〝神子っぽく〟する時に、ロアが演出してくれたものとよく似ている。

不思議と眩しさを感じない優しい光は森へと降り注ぎ、立ち枯れていた木々がみるみるうちに生命を吹き返していく。

セシルもアッシュも皆も、その光景を感嘆の思いで見守った。

やがて光が鎮まり、再びあたりを闇が包んだ時には、森は青々と繁っていた。

誰かの火魔法での明かりが照らし出す森は、幻想的なほどに美しい。

「これが恵みか……」

サイアン王子がぽつりと呟く。

枯れた木までもを復活させる聖獣の力に、誰もが驚愕し、畏敬の念を新たに抱いた。

久しぶりに聞く、森を抜ける風が木々を揺らして奏でる葉擦れの音に皆が耳を傾ける。

「――完全復活した我の力はわかっただろうか？」

ロアが沈黙を破って問いかける。

皆がはっとしてこくこく頷くと、ロアは続けた。

「我が空を駆ける時、どうやらこの力が大地に降り注ぐらしい。それを人々は〝恵み〟と呼ぶようだ」

その言葉に、セシルはいろいろ納得した。

三年前、マクシム王太子の愚行で怪我をした聖獣は空を駆けることができなくなった。

そのため〝恵み〟を失った世界で作物の不作が続いたのだ。

また、聖獣が流した血に魔が引き寄せられ、瘴気が生まれ始めた。

そして、瘴気から魔獣がどんどん生まれたのだろう。

「先ほども申したが、我が負った怪我については怒ってはおらぬ。我もまた傲慢になり油断したのも一因。とはいえ、過ちを正さず周囲に迷惑をかけ続け、神子であるセシルを蔑ろにする愚か者が治める土地に、我が足を踏み入れたいと思うだろうか？」

再び問いかけたロアの言葉に、『いや、すごい怒ってるよな』と誰もが思ったが、口にはしなかった。

ただ、現状のスレイリー王国へは〝恵み〟を与えたくないとの聖獣の言葉は無視できず、皆がマクシム王太子へ視線を向ける。

「な、なぜ、そんな……」

ぶるぶる震えるマクシム王太子を誰もが——お付きの者でさえ冷ややかに見た。

「さて、いつまでもここにいては本当に野宿することになってしまう。予定の宿まで戻ろうか」

気分を変えるような明るい声でアッシュが言い、愛馬を呼び寄せる。——が、来ない。

ガイやラーズが笑いながら馬たちを呼び寄せ、出立の準備を始める。

サイアン王子たちも同様に準備を始めるが、マクシム王太子がそれを阻むことはなかった。

「ねえ、ロア」

「何だ？」

「……もう、猫の姿にはなれない？」

「なれるぞ」

遠慮がちにセシルが問いかけると、ロアはあっさり答えて猫の姿に戻った。

セシルは顔を輝かせ、ロアを抱き上げる。

「ごめんね。嫌な思い出があるかなって心配だったけど、ほら……聖獣さんの姿だと一緒に宿に泊まれないから」

「ふむ、そういうことか。では、ずっとこの姿でいよう」

「いやいや、ずっとその姿って。聖獣として〝恵み〟を与えてくれないと困るんだけど？」

ごろごろ喉を鳴らしながら言うロアに、アッシュが迷惑そうにツッコんだ。

「なんと、酷いやつだ。セシル、セシル、こやつは我をこき使う気であるぞ」

わざとらしく嘆くロアを、セシルは笑いながら撫でて慰める。

ガイやラーズたちリーステッド王国の者だけでなく、サイアン王子たちもそのやり取りを笑い、皆が聖獣への印象を変えたのだった。

こうしてアッシュとサイアン王子は改めて会う約束をして別れた。――未だに立ち直れないスレイリー王国の者たちを残して。

第十章　愛する家族と帰る場所

1

元スレイリー王国の〝聖なる森〟での出来事は、あっという間に広まったらしい。

セシルやアッシュたちがリーステッドへ帰る道中は、行きよりも多くの人たちから熱狂的に迎えられ、見送られた。

そして、その道中で嬉しい知らせが続々ともたらされたのだ。

魔獣の出没が激減し、作物が元気になって収穫が増えそうだ、と。


セシルは朝の日課になった空を駆け上がっていくロアを見送りながら、ほっと息を吐いた。

あと少しでリーステッド王国の王都に到着する。

久しぶりに両親や弟たちに会えるのだ。

楽しみに思いながらセシルは馬車に乗り込むと、今までのことを思い出していた。


あの〝聖なる森〟での出来事の翌朝。

念のためにと協定通りの北東地域に聖域魔法を施して帰途についたセシルたちだったが、結局スレイリー王国側が何らかの動きを見せることはなかった。

それも、マクシム王太子たちが〝聖なる森〟で狩猟を行い、聖獣様を傷つけたがためにこの苦難の三年が訪れたとの噂が広がり始めているためだ。

セシルは馬車の座席にもたれ、窓の外を眺めた。

今はセシルのためにリーステッド王家から派遣された侍女ふたりが同乗している。

そのため、以前のようにアッシュと気安く話すことはない。

どうやら〝世界を救った神子とリーステッド王国王太子〟として王都へ帰還したいようだ。

それについては、セシルもいろいろと助けてくれたアッシュやリーステッド王家への恩返しになるため、特に不満はなかった。

ただ残念なのは、ロアが昼間は世界に恵みを与えるために空を駆けているので馬車にいないことだ。

（もふもふが足りない……）

セシルは手持ち無沙汰な両手をにぎにぎして、ため息をのみ込んだ。

それに気づいてアッシュがちらりと見るが、苦笑するだけで手元の書類らしきものに再び目を落とす。

今まで王宮を留守にしていたため、王太子としての仕事が溜まっているらしい。

そもそも近衛騎士に扮して地方へ赴くこと自体、かなり反対されたのだとガイからセシルは聞いていた。

道中で頻繁に魔鳥とやり取りしていたのも、報告よりも仕事が主だったようだ。

（王太子殿下なんだから、そりゃ魔鳥も使っちゃうよね）

やがて馬車は街へと入り、セシルは書類を置いた王太子とともに窓から歓迎してくれる人たちに手を振った。

そんなふたりを侍女たちはニコニコしながら見ている。

そして、宿の前で馬車から降りた時、空からロアも舞い降りてきた。

「ロア！」

「セシル、今日も我は頑張ったぞ」

「うんうん。お疲れ様。大変だった？」

「特に問題はなかった」

「それならよかった」

伝説のままの姿で聖獣が現れたのだから、街は大騒ぎになっている。

それでも、セシルはいつもと変わらずロアを労い、ロアは甘えるようにセシルに体をすり寄せた。

「ロア、これ見よがしな態度はやめてくれないか？」

「民は喜んでいるぞ？」

今までは猫の姿になってこっそり宿へ入ってきていたロアが人前に姿を現したことで、アッシュが笑顔を張り付けたまま苦情を言う。

集まった民の中にはその場で泣き出す者や膝をついて頭を下げる者まで出てきたため、急いで宿の中に入りながら、アッシュの苦情も仕方ないなとセシルは思った。

「セシル、明日は空を駆けるのはやめて、そなたと一緒におるぞ」

「そうなの？　やっぱり疲れてる？　それなら、猫の姿でいた方がいいよね？」

「いや、王都に入る時にはこの姿の方が皆が喜ぶだろう？　疲れているわけではないから、気にするな」

「ロアは優しいね」

宿の人たちも慌てふためいていたので、そのまま用意された部屋に入り、ロアの話を聞いていたセシルはわずかに表情を曇らせた。

ロアは〝神子を連れたリーステッド王国の王太子の凱旋〟とも言うべき帰郷に付き合ってくれるのだ。

邪魔にならないように猫の姿に変わったロアを抱き上げ、セシルは頬をすり寄せた。

ロアは部屋まで付き添っていたアッシュに、再びふふんといった表情を向ける。

このやり取りもすっかりお馴染みになっており、セシルは気にせず部屋の中へと進んだ。

「じゃあ、また明日。セシル、今まで本当にありがとう。……ロアも」

「ええ。こちらこそありがとう、アッシュ。また明日、よろしくね」

部屋を出ていくアッシュを見送りながら交わした言葉に、いよいよ旅も最後なのだと実感する。

（明日にはみんなに会えるんだー！）

アッシュやガイ、ラーズとの旅は大変なこともあったが、楽しかった。

それはもちろん、ロアがいてくれたからこそ心細さもなく過ごせたのだ。

そこでふと、あることに気づく。

「……ねえ、ロア」

「どうした？」

「この旅が終わったら、ロアはどうするの？」

「どうするとは？」

「もう元気になって、空も駆けることができて、自由にどこでもいけるんだよね？　以前暮らしていた場所に帰るのかなって……」

「ああ、なるほど。そうだな。以前暮らしていた場所か……」

ひょっとしてロアともお別れかもしれないと思うと寂しくて、ずいぶん遠回りな言い方になってしまった。

ロアは特に気にした様子もなく、ふむと考える。

「暮らす、という感覚自体なかったな。我はただ存在しているだけだった。世界中の空を駆け、気が向けば地上に降りて森を歩き、また空へ戻る。疲れれば聖園で少し休み、たまにぼんやりと過ごしてしまい、地上が大変な騒ぎになっていたこともある」

「それって……」

聖獣が隠れてしまったために不作が続いたという伝説があるが、それがまさか『ぼんやり過ごしてしまった』だけだったとは、地上の人間たちは思いもしなかっただろう。

どうすれば聖獣様が戻ってきてくれるか、と試行錯誤したという伝説を馬車の中で侍女から聞いていたセシルは何とも言えない気持ちになった。

同時に、このたびのロアの――聖獣の怪我は本当に不測の事態だったのだと痛感する。

もしあのままロアの怪我が悪化していたら……。

そう考えると、セシルはぞっとした。

「というわけで、我には暮らしていた場所というのはない。だがセシルと出会ってからは……そうだな。一緒に暮らしていたのだな」

しみじみと言われて、セシルはなぜだか泣きたくなった。

だがここで泣くとロアを驚かせると我慢する。

泣いている場合でも遠慮している場合でもない。

セシルは勇気を出して願いを口にした。

「私は、この旅が終わっても、ロアと一緒に暮らしたい。ずっとは無理でも、ロアが帰ってきてくれると嬉しい」

セシルの言葉にロアは金色の瞳をキラキラ輝かせ、勢いよく飛びついてきた。

「我もセシルと一緒に暮らしたい！　セシルの許に帰りたい！」

「やった！　じゃあ、明日からもずっと一緒に暮らそうね」

「ああ。セシルと暮らす」

侍女たちはセシルとロアのやり取りを微笑みながら聞いていた。

ロアが力を完全に取り戻してからは、誰にでも言葉がわかるようになったおかげで、セシルは猫と話す変わった人と思われないですんでいる。

そしてセシルはロアと約束したことで、その日の夜も安心して眠ることができたのだった。

2

そして翌日。

ついに王都へと到着したセシルは、圧倒されていた。

人々の熱狂的な歓迎もさることながら、王都の規模がスレイリー王国とまったく違ったのだ。

帰りの道中で立ち寄る街を見て薄々気づいてはいたが、国力の差を見せつけられたようだった。

（これでよく、協定を破棄しようと思っていたよね）

騙すような形で協定を一方的に破棄するということは、戦争になる可能性も大きかった。

それでもあの場で強引にセシルを連れ去れば、どうにかなるとでも思っていたのかもしれない。

（それにしたって、ここまでリーステッド王国が大きな国だとは知らなかったな……）

タチハ村からの旅は地方でも特に支援が届きにくい場所を回っていたので、ここまで違うとは気づかなかった。

マクシム王太子の婚約者であった時に受けた妃教育でも、隣国のことは学んではいたが、どうも過少評価――どちらかというとスレイリー王国を過大評価していたような気がする。

（ネットとかない世界だから、国民は騙せたかもしれないけど、もし私が本当に王太子妃になっていたら、間違った知識から問題行動を起こしていたかもしれないのに……）

そこまで考え、ひょっとしてマクシム王太子も、さらには国王までもが同じように学び、勘違いして思い上がっていたのではないかと気づいた。

（やっぱり教育って大切だな……）

しみじみとセシルが痛感していると、アッシュが声をかけてきた。

「セシル、もうすぐ到着するよ」

無意識に手を振っていたセシルは我に返り、改めて窓の外を見た。

すると、見えてきたのは王宮の正面に構える大きな門で、セシルたちが乗った馬車を通すためにゆっくりと開かれていく。

そこからは一般の人たちではなく、王宮に仕える人たちが馬車道の両脇に並んで迎えてくれていた。

街の人たちのような大きな歓声はないが、静かな熱気が伝わってくる。

セシルはいよいよだと、逸る気持ちを抑えた。

家族とは王宮で会えることになっているのだ。

セシルにとっては、リーステッド国王との謁見より何より重要なことだった。

「王太子殿下、ご無事でのご帰還おめでとうございます！」

「神子様！　このたびはありがとうございます！」

「お疲れ様でございます！」

「ありがとうございます！」

やがて馬車が止まり、扉が開かれると、先ほどとは違って大歓声に迎えられた。

その中でアッシュが先に降り、手を貸してもらいセシルが降りると、さらに歓声は大きくなった。

しかし、馬車から白猫がぴょんっと飛び降りた次の瞬間に聖獣へと姿を変えると、その場はしんと静まり返った。

「皆、出迎えをありがとう。紹介するまでもないと思うが、彼女がセシル・メイデン。この世界を救ってくれた神子だ。そして、聖獣ガロア。この数年、怪我をして動けなくなっていたところを、神子に救われたそうだ」

「えっと、セシル・メイデンです。こんなに多くの皆さんに歓迎していただき、嬉しいです。ありがとうございます」

アッシュに続いてセシルが挨拶をすると、再びわっと歓声があがった。

皆の熱気に気圧されたセシルの挨拶は拙いものだったが、皆喜んでいる。

気にしてひとり落ち込んでいるのはセシルくらいだろう。

ロアはこの場では口を開くことなく、アッシュとセシルの後をのしのし歩いてついていく。

人々はセシルたちの進む道を開けて、笑顔のままその場で喜びを伝えてくれた。

そして、いよいよ家族が待つ部屋へと案内された時、セシルは一気に込み上げてくる様々な感情に戸惑った。

自分で思っていたよりもずっと家族が恋しかったらしい。

セシルはマナーも忘れて駆け寄ると、母へと抱きついた。

「お母様！」

「セシル、よく無事で……」

お互い涙を流しながら抱き合い、続いて父へと手を伸ばす。

父は泣きはしなかったが、苦しくなるほどセシルを抱きしめた。

「よく頑張ったな。本当に……頑張ったな……」

「……ありがとう、お父様」

「姉さま！」

「ねえさま！　ねえさま！」

父親と再会を喜んでいると待ちきれないようにエルとアルが呼ぶ。

セシルは少し屈んでエルを抱きしめ、そのままアルも一緒に抱きしめた。

「エル、アル、ふたりとも会いたかったわ」

「僕も会いたかったです。姉さまがご無事で本当によかった……」

「ぼくもねえさまにあえるひをかぞえてまってたよ」

「ありがとう、エル。元気そうで嬉しいわ。アルもすごいわね。全部数えられた？」

「たぶん！」

それは数えられてないなと、セシルは笑った。

それから涙を拭いて立ち上がる。そこでロアがようやく部屋へと優雅に入ってきた。

「感動の再会が終わったなら、我にも――」

「ロア！」

ロアが言い終わる前に、アルは抱きついた。

アルから見れば自分よりかなり大きな獣であるにもかかわらず、迷いもない。

子どもながらの少しだけ乱暴な、それでも精一杯の愛情を向けられて、ロアはおとなしくされるがままだった。

「ロア……その、ずいぶん大きくなったね……」

「うむ。本来の姿に戻ったのだ。エルも少し背が伸びたのではないか？」

「そうかな？」

「そう見えるぞ」

遠慮がちに近づくエルに、ロアはちょっと自慢げに答えた。

だがすぐに、その金色の瞳を細めてエルを上から下から見て言う。

エルはぱっと顔を輝かせ、それから何かに気づいたかのようにはっとしてセシルを見た。

「姉さま！　僕、ロアの言葉がわかります！」

「あら、そういえばそうねえ」

「おや……」

手紙でロアが聖獣ガロアであったことは伝えていたが、言葉も皆に通じるようになったというのはすっかり忘れていた。

　そのため、エルは驚きながらも喜んでいるのだが、父と母はかなり呑気な反応だった。

　すると、アルが大人を真似たようにしみじみと言う。

「ロアもせいちょうしたんだねぇ」

「うむ。いろいろと学んだのだ」

　セシルも両親もアルの言い方に笑いを堪えていると、ロアは答えながら器用にエルをあごで引き寄せ、自身の体に触れさせた。

　エルは目を丸くしたが、すぐにアルと同じようにもふもふな体に抱きついた。

「ロアもおべんきょうしたの？　エルにいさまもね、がっこうでべんきょうしているんだよ？」

「それはすごいな」

　自慢げなアルの言葉に、ロアが大げさに驚いて褒めると、エルは照れたように顔をもふもふにうずめる。

　そんなやり取りを大人たちは微笑んで見守っていた。

「――じゃあ、今日は家族水入らずでゆっくり過ごしてくれ」

「ありがとう、アッシュ」

「……また、明日」

　しばらくしてアッシュは両親に挨拶した後、エルとアルにも声をかけてから、セシルにも昨夜と同じように言って去っていった。

国王との謁見は明日なのだ。

セシルは家族だけになると、改めて再会を喜んだ。

そして手紙ではできなかったたくさんの話をした。

「それでな、セシル。私たちは陛下のご厚意に甘えて、元の領地に戻ろうと思うんだ」

父の言葉に、セシルは少しだけ驚いた。

どうやらあの森での出来事から徐々に、神子の家族だということが周囲に広まり、騒がれるようになったそうだ。

そのため、何か起こる前にと国王が手配してくれて、今は王宮で生活していた。

さらには、元メイデン伯爵領を治めてくれないかと打診されているらしい。

「今後もきっと落ち着かないだろうが、元の領地ならみんなセシルのことはよく知っているし、平穏に暮らせると思うんだ」

「うん。それが一番だと思う。みんなも喜ぶんじゃないかな?」

「そうなんだ。実は領民のみんなからも嘆願されていてね」

セシルの存在で家族に迷惑をかけてしまっているのは申し訳ないが、謝ることはしなかった。

両親がそんなことは気にしていないとわかっており、逆に謝罪すると怒られるからだ。

セシルは父の言葉を素直に受け止め、それから質問した。

「それじゃあ、エルはどうするの？」

「僕は学園に通いたいので、寮に入ろうと思っています」

「そうなの？」

「はい。勉強はすごく楽しいですし、友達もできましたから」

「それは素敵なことだけど、少し寂しいな」

体だけでなく心も成長したらしい弟に、セシルは本音を漏らして抱きしめた。

エルは照れくさそうに笑う。

アルははしゃいで疲れたのか、今は聖獣なコアのもふもふに包まれて寝ていた。

セシルは横目にちらりと見て、かなり羨ましく思う。

「それで、セシルはどうしたい？」

「え？」

父に問われてセシルはロアとアルから視線を戻した。

「セシル、実はあなたにはたくさんの縁談が舞い込んできてるの」

「ああ……」

母の言葉にセシルは納得した。

セシルの年齢的に結婚適齢期であり、今は神子という価値がある。

「スレイリー王国の方たちはもちろん、このリーステッドの方や他の国からもお話が来てるの。

しかも魔鳥が釣書まで運んでくるのよ？　まさしく舞い込んでくるって感じ」

母は楽しそうに言い、さらに続けた。

「でもね、別に嫌なら結婚はしなくてもいいと思うの」

「本当に？」

「ええ。社交界では結婚していない女性は肩身の狭い思いをすることが多いけど、あなたはそんなものに囚われる必要はないでしょう？　もちろん、私は結婚して幸せだから勧めたい気持ちもあるけれど、こればかりは相性もあるし、セシルの好きにすればいいと思うわ」

「ああ。なんならずっと家にいてくれていいんだぞ？」

マクシム王太子に婚約破棄されてから、結婚はもう無理だろうと思い、考えてもいなかったセシルはすぐには答えられなかった。

そんなセシルに両親は選択肢があることを伝え、そして父親が優しく告げる。

「結婚以外でも、セシルの好きなことをして暮らしていけばいいんだよ」

「……ありがとう、お父様、お母様」

セシルの最大の幸運は、両親に恵まれたことだとつくづく感じていた。

そんな幸せを噛み締めるセシルに、父が内緒話をするようにこそっと付け加える。

「明日はどうやら、かなりの報奨金がいただけるらしい。自由に暮らすためにも、遠慮せず受け取っておきなさい。セシルはそれだけのことを成し遂げたんだからな」

「まあ、ジョージ！」

あけすけな言葉に母は驚きの声をあげたが、その顔は笑っている。

結局みんなで笑って、その日はゆっくり休むことができた。

3

予定通りに行われた翌日のリーステッド国王への謁見は、式典という方が相応しいものだった。

アッシュは王太子然として国王の隣に並んでおり、ガイもラーズも貴族として参列している。

半年とはいえあの妃教育がなかったら、セシルは戸惑って何か失敗をしていたかもしれない。

（そう思うと、あれもいろいろと無駄ではなかったよね……）

遥か遠い昔のように感じられるが、婚約破棄されてからまだ一年も経っていないのだ。

長々としたよくある退屈な式の流れに、ロアは堂々と何度も大あくびをしており、セシルは笑いを堪えるのが大変だった。

それはアッシュもガイもラーズも同様らしいことが伝わってきており、セシルはある種の連帯感を覚えて嬉しくなっていた。

そのため、昨日両親から言われていた——正確には忠告だったのだろうことがすっかり抜け落ちていたのだ。

父の言葉通り、本当に報奨金が与えられた時には、あって困るものでもないと素直に受け取った。

しかし、まさか王太子との——アッシュとの結婚を打診されるとは思ってもおらず、おそらくここ最近で一番間抜けな顔をした自信がある。

「……はい？」

「セシル、陛下は息子である私と結婚してはどうかとおっしゃっている。そして、私もあなたと結婚したいと……いや、結婚してほしいと願っているんだ。どうかな？」

青天の霹靂《へきれき》とはまさにこのことかと、セシルはどうでもいいことを考えて現実逃避した。

だが、アッシュはセシルの目の前までやってきて、片膝をつく。

「セシル・メイデン。どうか私、アシュレイ・ジェノ・リーステッドと結婚してくれませんか？」

まさしくこれは、乙女が夢見るプロポーズである。

しかし、セシルはただ戸惑い、縋るように両親をちらりと見た。

両親は温かく見守っていてくれて、昨日の言葉の本当の意味に今さらセシルは気づいた。

おそらく前もってアッシュがプロポーズすることは知っていたのだろう。

それでいて、好きにすればいいと言ってくれたのだ。

改めてセシルは目の前に膝をつくアッシュをまっすぐ見つめ返した。

すると、真剣な琥珀色の瞳の中に、旅の途中で何度も見た悪戯っぽい輝きが覗く。

そこでセシルは、アッシュもまた両親と同様に思ってくれていることに気づいた。

「……私にはもったいないほどのとても光栄なお申し出ではありますが……ごめんなさい。結婚はできません」

セシルが返事をすると、会場は驚きに包まれた。

アシュレイ王太子は誰もが望むべくもない最高の花婿候補なのだ。

そんな相手を——王太子からのプロポーズを断るなんてと、大騒ぎになった。

だが、断られたアッシュが声を出して笑い、会場がまた静まり返る。

「うん、わかってた。だけど申し込まずにはいられなかったんだ。困らせてすまないな、セシル」

「謝罪されるのも困ります」

「結果はわかりきっておったのに、無謀ではあるがその勇気は讃えてやろう」

アッシュとセシルのやり取りにロアが加わり、ガイとラーズは噴き出した。

ロアはプロポーズを断られたアッシュに追い討ちをかけるように、鼻高々に告げる。

「我はセシルとずっと一緒に暮らそうと約束したからな。そなたはお邪魔虫なのだ」

「聖獣ガロア、あなたは知らないかもしれないが、人の心というのは変わるものだ。諦めなければいつかセシルが受け入れてくれるかもしれないだろう？」

「我は人の心は知らなくても、言葉は知っておるぞ。『しつこい男は嫌われる』そうではないか」

ロアの言葉が皆に伝わるようになってからは、アッシュとはさらに仲良くケンカするようになっていた。

だが慣れていない会場の人たちはぽかんとしている。

先ほどまでの様子から鑑みるに、アッシュはいつも王太子として尊敬を集めているのだろう。そんな王太子と伝説の聖獣が残念な言い争いをしているのだから驚くのも仕方なく、笑っているのはガイとラーズ、そして〝聖なる森〟まで一緒に旅をした小隊の面々だけである。

彼らも今回の褒章を受章するために会場にいたのだ。

「――アシュレイ、やめなさい。聖獣様もそこまでにしていただけませんか。皆が驚いております」

見かねた国王が間に入り、アッシュは我に返ったようでばつの悪そうな顔になった。

ロアは気にせず、アッシュに向けてふふんと鼻を鳴らす。

国王は苦笑しつつ、同様に苦笑していたセシルに向けて問いかけた。

「それで……神子殿はこれからどうなさるおつもりですか？」

その問いは、この国から出て行ってしまうのかを心配している。

やはり神子を抱えているというのが、国として望ましいのだろう。

アッシュは父親の問いにわずかに不快感を示したが、セシルは笑顔を浮かべた。

そして、両親に昨日後押しされて決めたことを口にする。

「私は、やり残したことをまずは成し遂げたいです。それからはまた、家族みんなで一緒に暮らしたいです！」

朗らかなセシルの声は会場に響き渡り、この先は明るい未来が待っているのだと皆に伝えたのだった。

エピローグ

国王との謁見と式典を終えてからひと月。

セシルは『やりたいこと』を成し遂げるためにタチハ村にいた。

「――また失敗したわ……。あと少しな気がするのになあ」

はあっと深くため息を吐いたセシルに、マシューさんの妻が首を傾げる。

「私には十分だと思いますがねえ」

「まだ苦いよ。もう少し炒り時間を短くしないと……」

セシルは濾過したばかりの菜種油をぺろりと舐めて、うーんと唸った。

確かに十分といえば十分なのだが、やはり『菜種油はタチハ村製が一番』となってほしいのだ。

前世での記憶を頼りに、菜種油としてはそれなりに作れるようになった。

だが当然ながら、熟練の職人のようにはいかない。

（まあ、和紙での濾過でもないから、しょうがないけど……）

道具も違うので味が変わってくるのは当然だろう。

それでも、初めの工程である菜種の焙煎《ばいせん》で炒り具合が足りないと油があまり絞れず、炒りすぎると苦くなると聞いていたのを覚えていたため、セシルはそこに特にこだわっていた。

タチハイモは順調に各地に広がっているようで、この先万が一にも食料不足に陥りそうになった時には助けになるはずである。

それとは別に、この村に何か恩返しをしたいという気持ちと、せっかくなら前世知識を活かしたいという我が儘《わがまま》から、セシルはタチハ村で以前住んでいた家を借りてロアと暮らしていた。

「セシル、そろそろ休憩したほうがいいんじゃないか？」

「そうだね。じゃあ、お昼休憩にしましょう」

「わかりました。それでは、セシル様、殿下、失礼いたします」

セシルはアッシュに声をかけられ、その場にいた村の女性たちを促して、昼休憩を取るために家へと戻った。

アッシュは一昨日にタチハ村にやって来たのだが、明日にはまた王都へ戻る予定らしい。

もちろん滞在中は以前のように村長の家に泊まっているのだが、食事などは一緒にとっている。

アッシュがわざわざこの村までやって来たのは、神子の様子を知るためと、学校施設の建設状況の確認のためだった。

学校は村の他の建物と違い石造りであり、教室だけでなく集会所としても使えるようにする予定である。

そして隣接する土地には、教師用の住居も建設中だった。

ここで上手く運用できれば、将来的には小さな学びの場を国中に広げ、地方都市に学園をいくつか創設するらしい。

そのため、セシルはモデル校となる今回の学校建設の準備にかなり心を砕いていた。

その気持ちが伝わったのか、タチハ村の人たちだけでなく、近隣の村の人たちまでもが協力してくれている。

だが、嬉しいことばかりではない。

少し前に聞いたアッシュの話によると、あの〝聖なる森〟での出来事はさらに噂を広め、スレイリー国内は当然のこと、各国からの多大な抗議をスレイリー王家は受けているとのことだった。

どんどん大きくなる非難をどうにか収めようと、国王はマクシム王太子を廃嫡し、王籍をはく奪して辺境の地への追放処分を下した。

それを聞いたセシルは「さすがに国外追放はできないよねえ」と思ったくらいで、マクシム殿下に同情もできなかったのは仕方ないだろう。

ちなみに、ウェリンゼ公爵を含めた狩猟に参加した者たちも爵位をはく奪、代々受け継がれていた領地を没収され、代わりに未開拓地を与えられたそうだ。

そのため、マクシム王太子と近々式を挙げる予定だったアリーネは泣き暮らしているらしい。

しかし、それだけの処分を下してもスレイリー国王への非難は止まず、近いうちに退位することになった。

また公にはされていないが、ハヤキ王国第三王子襲撃事件への責任と賠償も求められているようだ。

そんな問題を多く抱えたまま後を継ぐのは、国王の従弟にあたる公爵である。

公爵は優秀で人望もあるためか、今まで中央から疎外されていたのだ。

(国土は小さくなっちゃったけど、それを受け入れることにしたみたいだし……)

父から聞いた話も思い出し、セシルは小さく息を吐いた。

一昨日はロアがメイデン領まで背中に乗せてくれたおかげで、両親や弟たちと家族団らんで過ごすことができたのだ。

エルも学園の寮から空の旅をかなり楽しんでおり、アルにもねだられロアは嬉しそうに相手をしてくれていた。

その間に両親と話をしたセシルが聞かされたのは、スレイリー王国へ戻ってこないかと次期国王である公爵から打診されたという話だった。

メイデン伯爵領を取り戻したいというよりは、やはり無実の罪で国外追放になったことを正したいという気持ちが強いらしい。

公爵と父親とは以前から親交があったにもかかわらず、当時何もできなかったことを深く悔、やみ謝罪しており、父も母も少しばかり心が揺らいだようだ。

だが、愛する領民は新たにリーステッド王国に取り込まれたことを受け入れており、断ることにしたと言っていた。

領民のことを考えて出した結論は両親らしくて嬉しくなる。

父親はリーステッド国王から改めて伯爵位を授けられており、領地に戻った時には『伯爵様、おかえりなさい！』と、それはもう大歓迎された。

その時はセシルも同行していたのだが、民のひとりに『やっぱり神子様でしたね！』と得意げに言われ、皆で笑い合った。

セシルが本物の神子でも、両親がリーステッドの伯爵になっても、領民たちの態度は変わらない。

そして両親も変わらず、今も皆と一緒に農作業をし、アルは子どもたちと遊んでいる。

そんな家族の許へ、ロアが背に乗せてたびたび連れ帰ってくれるので、セシルもエルも寂しい思いをせずにすんでいた。

昼食を用意しながら家族のことを考えていたセシルに、手伝ってくれているアッシュが問いかける。

「マクシム殿下のことが心配？」

「ん？　ううん、それはないかな。どうして？」

「心ここにあらずといった感じだったから、報告したことを気にしているのかと」

困ったように笑うアッシュを見て、わざわざ最新情報を直接伝えにきてくれた理由がわかった。

セシルが傷つかないか、心配してくれているのだ。

「残念ながら……と言うべきか、マクシム殿下のことは好きでもなくて、婚約も命令だから仕方なく受けただけなの。だから婚約破棄された時は正直なところ嬉しかったし、伯爵領のみんなは心配だったけど、国外追放を楽しんでもいたんだよね。それは家族みんなも一緒なの」

そこまで優しくも繊細でもない自分に苦笑しつつ、セシルは本音を口にした。

すると、アッシュは嬉しそうに微笑む。

「じゃあ、この村に戻ってきたのは楽しかったから？」

「そうだね。菜種油を美味しく製造できるようになって、タチハイモチップスをみんなで食べたいの。あと、大学芋も食べたいから、ゴマも探すつもり」

せっかく前世の記憶があって、無事に世界も救えたのだから、ここからは料理チートをしてみたい。――とまでの本音は伝わらないのでセシルは口を閉じた。

「よくわからないが、きっと美味しいんだろうな」

「うん！　楽しみにしてて！」

あれこれ理想を語るセシルの話を楽しそうに聞いていたアッシュが期待の言葉を口にする。

そこでセシルが大きく頷くと、すっかり聞き馴染んだ笑い声が割り込んできた。

「セシルはなんと言ったか、あれだ。『色気より食い気』だな」

「ロア、おかえりなさい。今日も早いね」

アッシュがやってきてから、ロアは空を駆けるのを早めに切り上げて帰ってくるのだ。

ロアはアッシュに嫌味な笑みを向けて、セシルにグリグリと体をすり寄せた。

「せっかく客が来ているのだからな。接待せねばならぬだろう」

「どうぞお気を遣わず」

「遠慮はいらぬ。明日はちゃんと見送るつもりだぞ」

「では、遠慮なく言うが、少しは配慮してくれ」

「我はセシルに配慮しているのだ」

いつもの仲良しケンカが始まったので、セシルは気にせずできあがった昼食をテーブルに置いた。

神子として望まれればまた力は使うつもりである。

でも今はできる限り自然に任せた方がいいと考えていた。

それよりも、目指すはゴマ発見なのだ。

ゴマならすり潰して振りかけたり和えたり、油を抽出して利用すれば、料理の風味がぐっとよくなる。

「じゃあ、ひとまずケンカは後にして、食べよう？」

セシルがそう声をかければ、ロアがふっと笑う。

「ほらな。言った通りだろう？」

「それは私も知っている」

ロアの問いかけにアッシュも笑って答え、食事を始めた。

食事の間、ロアはテーブルの傍で伏せて丸くなる。

セシルは食べることも大好きだが、一番好きなのは幸せそうなロアを見ることなのだ。

そして、アッシュとケンカしている時のロアはとても楽しそうでずっと見ていられるくらいだった。

だからしばらくセシルは『色気より食い気』を続けるつもりである。

そのことは内緒にして、セシルはこれから料理チートを次なる目標に掲げて邁進《まいしん》していくのだった。

あとがき

皆様、こんにちは。または初めまして。もりと申します。

このたびは『追放令嬢は辺境で家族と自由な新生活を楽しむことにします！』をお手に取っていただき、ありがとうございます。

こうしてまたベリーズファンタジーで刊行させていただけるのも、応援してくださった皆様のおかげです。

前作はベリーズファンタジースイートということで、甘い恋物語を目指して書いておりましたが、今作のテーマは『家族愛』ですので、少し勝手が違い悩みました。

ヒロインのセシルは優しい両親と可愛い弟たちのためにすごく頑張ります。

ただ、お姉ちゃん気質というか、頑張りすぎてしまうところもあり、ロアの存在がセシルの助けになっていたと思います。もふもふは正義。

とはいうものの、やっぱりヒーローは欲しいよね。と書いていたのですが、まったく出てこない。

こんなにヒーローの登場が遅くていいのかと心配になりましたが、担当様から「家族が仲良く暮らしているので全然大丈夫です（勝手に解釈）」とのお言葉をいただいたので、気にせず書き進めました。

そのうち、もうロアがヒーローでいいのでは?と思い始めた頃に、ようやくヒーローのアッシュが登場しました。よかった。

それなのに、アッシュは愛する家族に囲まれて幸せに暮らしていたセシルを、家族から引き離すかのように旅の依頼。

むしろアッシュはヒーローではなく悪役では?と思ってしまったせいか、ロアがアッシュに冷たいです。

結局、家族仲良く暮らすはずが、物語の半分は旅に出てしまっていました。

でも責任感の強いセシルだから仕方ないか、なんて考えながら書いたのですが、匈歌《きょうか》ハトリ先生が描いてくださったカバーイラストが素敵すぎて、仕方ないなんてなかった……と少し後悔しました。

アルが可愛すぎて、エルもやんちゃっぽくて、両親は優しさに溢れてて、ロアは最高のもふもふで、セシルは強さと優しさを持った可愛いさで、こんな素敵な家族の芋掘りシーンを書きたかった!となりました。

そうしたら、尻もちつくアルとか描いてもらえたのに……なんて妄想しましたが、もちろんどの挿絵もとっても素敵で最高でした。

匈歌ハトリ先生、本当にありがとうございました。

ちなみに、冒頭で述べましたベリーズファンタジースイートの『婚約破棄された公爵令嬢は冷徹国王の溺愛を信じない』全2巻も好評発売中です。

さらに！　ベリーズファンタジーで最初に刊行した『婚約破棄は本望です！　聖女の力が開花したので私は自由に暮らします』が現在ベリーズコミックにて、くせつきこ先生がコミカライズしてくださっております！　こちらも本当に最高ですので、ぜひよろしくお願いします。

また、ベリーズ文庫にて刊行した『カタブツ竜王の過保護な求婚』がタイトル改め、『虐げられた花嫁は冷徹竜王様に溺愛される』として、ナナキハル先生がコミカライズしてくださいました。

こちらは全4巻で完結しておりますので、最後まで楽しんでいただけると思います。

いつも迷惑をかけてばかりの担当様に助けられ、多くの皆様に支えられ、こうして作品を刊行することができ、本当に感謝の気持ちでいっぱいです。

応援してくださった皆様、この本をご購入くださった皆様、本当にありがとうございました。

もり

追放令嬢は辺境で
家族と自由な新生活を楽しむことにします！

2024年10月5日　初版第1刷発行

著　者　もり

発行人　菊地修一

発行所　スターツ出版株式会社

〒104-0031　東京都中央区京橋1-3-1　八重洲口大栄ビル7F
TEL　03-6202-0386（出版マーケティンググループ）
TEL　050-5538-5679（書店様向けご注文専用ダイヤル）
URL　https://starts-pub.jp/

印刷所　大日本印刷株式会社

ISBN　978-4-8137-9370-0　C0093　Printed in Japan

［もり先生へのファンレター宛先］
〒104-0031　東京都中央区京橋1-3-1　八重洲口大栄ビル7F
スターツ出版（株）　書籍編集部気付　もり先生